加速世界
06 淨火神子
川原 礫
插畫／HIMA

Yellow Radio
黃之團「宇宙祕境馬戲團」
Radio Active Disturber
首領，外號「輻射眩惑」
的黃之王。
「所有人都到齊了，
那我們就開始
『七王會議』。」
Blue Knight
藍之團「獅子座流星雨」首領，
Vanquish Legend Slayer
有著「劍聖」、「神獸殺手」等諸
多外號的藍之王。
Scarlet Rain
紅之團「日珥」首領，外號
Immobile Fortress
「不動要塞」的紅之王。

Ivory Tower
白之團「震盪宇宙」的超頻連線者，以白之王全權代理人身分參加「七王會議」。
議題當然就是針對『災禍之鎧』對Silver Crow的『汙染』。」
Purple Thorn
紫之團「極光環帶」首領。外號「紫電后(Endless Voltage)」的紫之王。
Green Grande
綠之團「長城」首領，外號「絕對防禦(Invulnerable)」的綠之王。

「請不要放在心上，我就是想到會有這種情形，
才先換上體育服裝的。」
四埜宮謠
就讀梅鄉國中姊妹校松乃木
學園國小部的國小生。

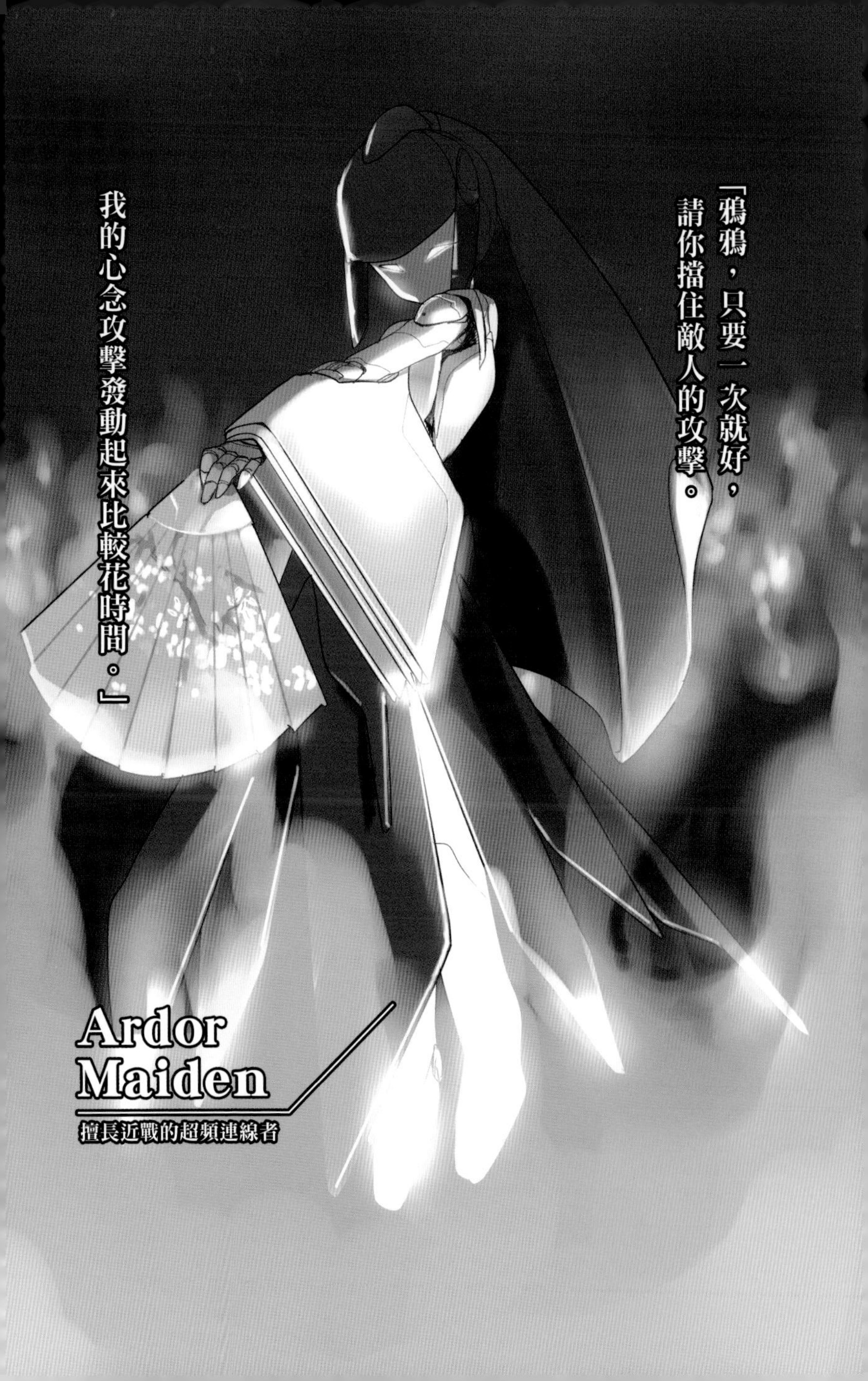
「鴉鴉，只要一次就好，
請你擋住敵人的攻擊。
我的心念攻擊發動起來比較花時間。」
Ardor
Maiden
擅長近戰的超頻連線者

春雪
國中校內地位金字塔
底端的少年。
『……！』
拓武
春雪的同班同學兼
好友。
千百合
春雪的兒時玩伴。

黑雪公主
「黑之王」Black Lotus。
梅鄉國中學生會副會長。
『那就開始說明我所構思的『災禍之鎧淨化計畫』。』
楓子
Sky Raker。傳授春雪
「心念」系統的師父。

「BRAIN BURST」中對戰虛擬角色的「屬性」

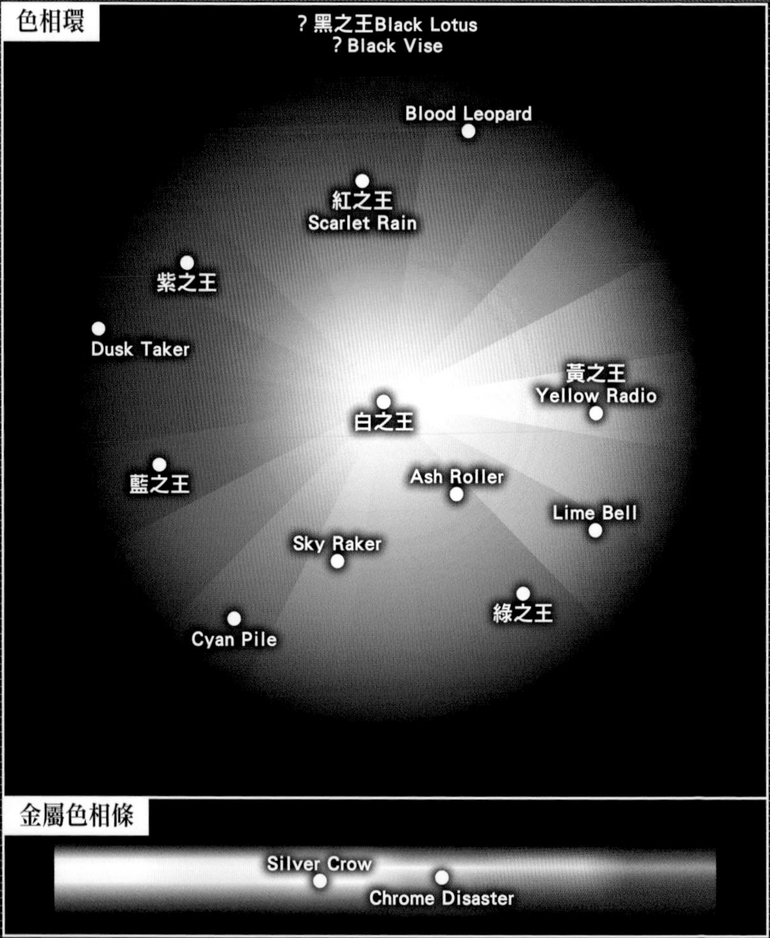

由系統自動賦予超頻連線者的英文名稱當中，都會包括一個表示顏色的單字，而透過這個單字顯示的顏色，就可以大致掌握對戰虛擬角色所具備的屬性。「青」色系擅長近距離直接攻擊，「紅色系」擅長遠程直接攻擊、「黃色系」擅長間接攻擊。而紫色與綠色這類介於上述三原色之間的顏色，則具備橫跨兩種色系的屬性。

另外除了這些分布於色相環上的顏色之外，還另外存在著冠上金屬名稱的「金屬色」。色相條上由左至右，分別是白金（Platina）、金（Gold）、銀（Silver）、鉻（Chrome）、銅（Bronze）、鐵（Iron）。這些顏色並不擅長攻擊，而是強在防禦面，色相條上越偏左端，就表示對特殊攻擊的防禦能力越高，越偏右端則表示對物理攻擊的防禦力越強。以春雪的虛擬角色「Silver Crow」來說，對於切斷、貫穿、高熱、毒等攻擊都有抗性，對腐蝕與重擊類攻擊的防禦力則偏低。

加速世界

Accel World

06 淨火神子

川原 礫

插畫 / HIMA

■黑雪公主＝梅鄉國中的學生會副會長，是個清純又聰慧的千金小姐，真實身分無人知曉。校內虛擬角色為自創程式「黑鳳蝶」，對戰虛擬角色為「黑之王」＝「Black Lotus」（等級9）。

■春雪＝有田春雪。梅鄉國中二年級生，體型略胖，遭人霸凌。對遊戲很拿手，但個性內向。校內虛擬角色為「粉紅豬」，對戰虛擬角色為「Silver Crow」（等級5）。

■千百合＝倉嶋千百合。跟春雪從小就認識，是個愛管閒事又活力充沛的少女。校內虛擬角色為「銀色的貓」，對戰虛擬角色為「Lime Bell」(等級4)。

■拓武＝黛拓武。跟春雪及千百合都是從小就認識，擅長劍道，對戰虛擬角色為「Cyan Pile」（等級5）。

■楓子＝倉崎楓子，曾是上一代「黑暗星雲」的高手級超頻連線者。因故過著隱士般的生活，但在黑雪公主與春雪的勸說下回歸戰線。曾傳授春雪「心念」系統。對戰虛擬角色是「Sky Raker」（等級8）。

■神經連結裝置＝以量子無線方式與大腦連線，透過影像與聲音等方式，對所有感官都能提供訊息的攜帶型終端機。

■校內網路＝建構在梅鄉國中校內的區域網路，用於點名與授課等用途。梅鄉國中的學生在校內都有隨時連結校內網路的義務。

■連結全球網路＝連上全球網路的行為。梅鄉國中校內禁止連結全球網路，僅提供校內網路供師生使用。

■BRAIN BURST＝黑雪公主傳給春雪的神經連結裝置內應用程式。

■對戰虛擬角色＝玩家在BRAIN BURST內進行對戰之際所控制的虛擬角色。

■軍團＝Legion。由多名對戰虛擬角色組成的集團，以擴張佔領區域及確保利權為目的。各軍團分別由「純色七王」擔任軍團長。

■正常對戰空間＝指進行BRAIN BURST正規對戰（一對一格鬥）用的場地。儘管有著直逼現實的高規格重現度，但遊戲系統則與上個世代的格鬥遊戲相差無幾。

■無限制中立空間＝只允許４級以上對戰虛擬角色進入的高等級玩家用場地。其中建構有遠超出「正常對戰空間」之上的遊戲系統，自由度比起次世代ＶＲＭＭＯ遊戲也毫不遜色。

■運動指令體系＝用以控制虛擬角色的系統，正常情形下對於虛擬角色的控制都由這個系統處理。

■想像控制體系＝透過堅定想像（Image）來控制虛擬角色的系統。運作機制與一般「運動指令體系」不同，只有極少數人懂得如何運用，是「心念」系統的精要。

■心念（Incarnate）系統＝干涉BRAIN BURST的想像控制體系，引發超越遊戲格局之現象的技術。又稱做「現象覆寫（Overwrite）」。

■加速研究社＝神祕的超頻連線者集團。不把「BRAIN BURST」當成單純的對戰遊戲而另有圖謀。「Black Vise」與「Rust Jigsaw」等人都參加這個社團。

■災禍之鎧＝名稱叫做Chrome Disaster的強化外裝。一旦裝備上去，就可以使用吸取目標ＨＰ的「體力吸收」與透過事前運算來閃避敵方攻擊的「未來預測」等功效強大的技能，但鎧甲擁有者的精神會遭到Chrome Disaster汙染，進而完全受到支配。

Accel World

「BRAIN BURST」是一款完全潛行型的對戰格鬥網路遊戲。

但它與市面上同類型的遊戲不同，在對戰組合的排定上，不是以全球網路上的伺服器為單位。

這個遊戲是按照玩家，也就是「超頻連線者」的血肉之軀所在的地點來劃分。只有在現實世界位於同一區域內的玩家，才能彼此進行對戰。這種區域劃分的單位，在「BRAIN BURST」就稱為「戰區(Area)」。

戰區的面積在東京都心與外縣市明顯不同。在東京二十三區內，一區多半都劃分為二至四個戰區。舉例來說，杉並區就劃分為從「杉並第一戰區」到「杉並第三戰區」等三個戰區。每一個戰區內都會設有專屬的「對戰名單」，會詳細列出現在存在於該戰區內的超頻連線者，讓玩家各自從名單內挑選對手來挑戰，或是設定成「待機狀態」等別人來挑戰。

二十三區內總計有六十個戰區。

由於合計一千名的超頻連線者幾乎全都住在東京都中央，算來每個戰區的對戰名單上都會有十到二十人左右。當然實際人數會隨地點與時段而有增減，不過在週末午後的新宿車站周邊與秋葉原等地，名單上的人數即使超過一百個也不算稀奇。

當這麼多的人數集中在同一個地點，有時就會引發一些令人意想不到的現象。例如從名單上隨手挑個對手，卻發現對方突然出現在「對戰場地」上只有幾公尺外的極近距離，又或是對戰者之中有一方出現在離觀眾現實中的位置很近的地方。

BRAIN BURST的虛擬實境對戰場地，是由現實世界中架設得無孔不入的高解析度保全監視攝影機網，也就是說為「公共攝影機網」所拍到的影像重新建構而成。也就是說，儘管場地上的建築物與道路，都會透過隨機改變的「屬性」而呈現出不同的面貌，但基本上還是維持現實世界當中的模樣。

而當雙方對戰虛擬角色在這些地形上的出現位置極為接近，也就表示對方的血肉之軀同樣近在眼前。這種情形不只是尷尬，甚至十分危險。因為「現實身分曝光」，也就是血肉之軀的長相或姓名曝光，對超頻連線者來說正是最大的禁忌之一。萬一被對方拍下照片，或是透過跟蹤等方式查出住址與本名，難保不會在現實世界中被人以綁票或威脅等手段搶走所有超頻點數。

在加速世界當中也有極少數激進派分子，敢於做出這種暴力犯罪行為。他們通稱物理攻擊者（Physical Knocker），簡稱「ＰＫ」，儘管大規模軍團呼籲要肅清這樣的分子，但要查出他們的姓名實在非常困難。原因很簡單，因為受到攻擊的超頻連線者幾乎全都會喪失所有點數，也會因此喪失BRAIN BURST程式本體，以及所有相關記憶，再也無法回到加速世界。

儘管機率不高，但在週末熱鬧的戰區裡，確實存在著這種可怕的危險。

換個角度來看，也可以說在超頻連線者人口密度偏低的區域，現實身分曝光的可能性就會降到極低。

以二十三區來說，世田谷區的西部、大田區、江戶川區等地就屬於所謂的人口密度偏低區。這是因為這幾個戰區面積廣大，名單上的人數卻隨時都偏少。

然而令人意外的是，一般認為全東京最不容易發生極度接近的地方，卻是在所有區域的中心——千代田區。

千代田區是二十三區之中唯一沒有分割的戰區，也是除了屬於獨立特區的秋葉原戰區之外，面積最廣大的戰區之一，而且幾乎沒有任何超頻連線者以這裡為基地在活動。

因為千代田區裡有著一般民眾不能進入的皇居，佔了多達二十%的面積。

這個規則在加速世界當中也同樣貫徹到底。儘管對戰場地上同樣會出現隨著各種屬性而改變模樣的「皇居」，但護城河中央設有障壁，讓玩家無法進入。面積原本就已經太大，地圖正中央更存在著巨大的禁止進入區域，所以只要有一方的對戰者有這個意思，大可在剛開始先以遠距離攻擊命中一次，然後整整三十分鐘裡四處逃竄，藉此爭取判定勝利。

由於地形這麼棘手，而且不遠處的東北方與西方各有秋葉原與新宿這樣的對戰聖地，自然不會有多少人想特意挑千代田區開打。也因此，千代田區的對戰名單上總是冷冷清清，但這並不表示這個區域沒有存在價值。

這裡位於東京正中央，但血肉之軀曝光的危險卻很低。這個特徵讓千代田區多出了一個出人意表的使用法，也就是不拿來「對戰」，而是用來「交涉」。當敵對勢力之間試圖儘可能排除暴露現實身分的危險來接觸時，這個廣大而寂寥的千代田區就極為合用。

基於以上理由——

二〇四七年六月十六日，星期日，下午一點四十五分。

身為軍團「黑暗星雲」首領的黑之王「Black Lotus」黑雪公主，身為軍團副長，操縱對戰虛擬角色「Sky Raker」的倉崎楓子，以及基層戰鬥人員「Silver Crow」有田春雪等三人，就在一輛停放在東京都千代田區富士見二丁目投幣式停車場的小型EV車內，靜待「交涉」時刻開始。

不，以規模來說這已經不只是單純的軍團間交涉。

因為在午後兩點要開始的這場交涉，乃是加速世界八年歷史之中僅召開過兩次的「純色七王」會議。

1

「……這輛車是師父自己的嗎？」

春雪承受不了即將面臨「七王會議」的緊張感，從後座唐突問出這個問題，讓駕駛座上的「師父」楓子驚訝地回過頭說：

「怎麼可能？這是家母的車。憑高中生的零用錢，再怎麼說也買不起車。」

「說、說得也是。」

這輛ＥＶ儘管造型圓滾滾的十分可愛，但亮色系的奶黃色內裝用的卻是真皮，方向盤正中央有著蛇與十字架的徽章，出自春雪也很熟悉的義大利老牌車廠。別說是大學生，即使是社會人士，年紀還輕的時候也很難買得起。

「看師父開得這麼熟練，我才會想說搞不好有這個可能。這個，駕照應該是師父自己的……吧？」

春雪戰戰兢兢問出第二個問題後，回答他的卻不是楓子，而是副駕駛座上的黑雪公主：

「呵呵，那還用說。楓子今年滿十六歲，所以可以考駕照，也可以結婚，是個大人了，跟我們可不一樣。」

「……小幸，妳這說法好討人厭……」

——對喔，她已經是成年人啦？

春雪一瞬間浮現這個念頭，接著猛力搖搖頭，讓自己恢復清醒。

記得考取一般小客車駕照的資格從十八歲降到十六歲，已經是七八年前的事了。表面上的理由是說由於公共攝影機網路的完備，以及法定賦予裝設車輛控制ＡＩ的義務，讓交通意外的發生率遽減，但聽說實際上另有隱情。

二〇四〇年代的日本由於生育率極度低落，已經面臨社會福利體系崩潰的邊緣。醫療．看護費用與政府的年金支出額度年年增長，讓勞動年齡層越來越不堪負荷。面臨這樣的情勢，可以推知政府有意透過降低以駕照為代表的各種證照考取年齡限制，藉此增加可以工作的年輕世代人數。事實上勞基法也的確在同一時期做了修正，只要勞工年滿十六歲，業主就可以僱用為全職員工。

也就是說，楓子在法律層面上已經是半個成年人，而今年滿十五歲的黑雪公主則是明年就要成人，春雪也將在短短兩年後面臨這個人生的轉捩點。

當然並不是說國中一畢業就要立刻就職，實質上他仍是個孩子，但春雪就是會隱約覺得不安。

——我到底還能當現在的自己多久？

想到這樣的念頭，內心不禁苦笑。畢竟春雪原本長年來一直渴望可以不當現在的自己，逃避到遙遠的地方去。

這樣的慾望並沒有消失。他還是很討厭自己的外貌，也一樣不喜歡上國中，但要是有個萬能的天神說可以讓他變成另一個人，在另一個地方生活，他也一定會拒絕。他只求能夠繼續待在「這個地方」——短期來說像是待在楓子所開的ＥＶ車後座上，長期來說則是能以超頻連線者的身分待在加速世界的角落，換句話說就是能繼續在「BRAIN BURST」這個有著超乎想像的規模與精細度，能帶給他無限刺激與興奮的遊戲裡當個玩家，除此之外他別無所求。

但想來就連這點也無法永遠持續下去。

BRAIN BURST是遊戲，是遊戲就一定會結束，況且春雪與黑雪公主正是為了走到這個遊戲的結局而戰。

現在他還不知道遊戲到底會以什麼樣的形式結束。他不知道會是黑雪公主如願升上10級，就此把BRAIN BURST給破關，還是因為「兒童時代的結束」導致遊戲權遭到無情的剝奪，又或者是另有其他的結局。對此他完全沒有頭緒。

所以現在更要全力以赴。

全力去玩、去享受其中的樂趣，同時也要保護好這個能讓自己跟心愛的人們待在一起的世界。

春雪坐在有點擠的後座上，內心發下這樣的誓言，用力握緊拳頭，但隨即想起現在自己所面臨的處境，深深呼出一口氣。

坦白說，現在的狀況實在不容他耍帥說要保護什麼。

短短十幾分鐘後就要開始的「七王會議」議題，首先就是討論如何因應突然出現在BRAIN BURST世界的神祕破壞組織「加速研究社」，第二則是討論如何處置那萬萬沒有想到又再次復活的強化外裝「災禍之鎧」Chrome Disaster。

短短一個星期之前，這兩個議題對只有5級的春雪來說，都還是那麼遙不可及，本來只要從觀眾席旁觀諸王與他們的左右手討論即可。

但如今的春雪不但不是觀眾，甚至還被拱上了舞台正中央。

原因很簡單，因為讓災禍之鎧復活，成了第六代持有人的正是Silver Crow——也就是春雪自己。

「……春雪，你別那麼緊張。」

前座傳來這句平靜的話語，讓他猛然抬起頭來。

說話的人忽然拉動副駕駛座的座椅後仰拉桿，將椅背猛力往後靠。春雪趕忙往駕駛座後閃開，接著座位就在他眼前倒成水平，一頭黑色長髮流洩而下，一部分碰到春雪的膝蓋。

今天黑雪公主難得穿了便服。她穿著灰色的緊身牛仔褲，上身則是貼身的圖案T恤，T恤上頭再罩了一件漆皮製的短袖上衣，顏色當然是黑色。這樣一身打扮與楓子那象牙色連身裙搭七分褲的女性化裝扮形成鮮明的對比，但絲毫沒讓她那犀利得令人戰慄的美貌有半分失色。

黑雪公主躺在春雪面前，右手直伸過來，用手指摘住春雪T恤的衣領一拉。春雪像是被吸了過去似的上身前傾，一股不同於車內芳香劑的甜香刺激著鼻腔，讓春雪的思考速度猛然減速。

「你什麼都不用怕。別擔心，有我護著你，我不會讓那些王對你出手的。」

被她從零距離這樣輕聲耳語，讓春雪更加頭昏眼花，但他拚命在腦內重新打檔，回答說道：

「謝……謝謝學姊。可是……這個，除了學姊以外的各個王，當然都會要求肅清Silver Crow吧？也就是……要求學姊以軍團長權限動用『處決攻擊（Judgement Blow）』……」

「想來多半是這樣。」

「那……要是學姊拒絕，不會把事情弄糟嗎？該怎麼說，像是被霸凌之類的。」

照春雪的經驗，「掌握大義名分的多數人」，是可以冷酷到無所不用其極的。春雪一年級時經常欺負他的那些壞學生，也不是打從一開始就胡亂施暴。剛開始他們都是先一臉朋友樣接近，一等到春雪拒絕他們的邀約，或是想保持距離，立刻就以「春雪背叛同伴」的大義名分露出獠牙。

他覺得這次純以道理來說，站得住腳的是六王而不是黑雪公主。「災禍之鎧」是一種詛咒，從加速世界的黎明期就製造了許多犧牲者，連春雪本人也認為應該要設法消除。如果只要自己操作幾下就能讓鎧甲消失，他早就已經這麼做了。

既然做不到這點，就應該連帶把擁有鎧甲的超頻連線者一起處理掉。一旦黑雪公主拒絕這個「正當」的意見，真不知道諸王會對她施加多少精神與物理上的壓力。

春雪對此非常擔心，然而……

「哈哈哈，都什麼時候了你還在說這些？」

突然聽到她以輕快的笑聲駁回這種擔憂，讓春雪連連眨眼。

黑雪公主換上一臉剽悍的笑容，以略低的聲音輕聲說道：

「我早就是他們的敵人了，而且我也沒有參加那可笑的『互不侵犯條約』。要是有什麼不滿，六王大可自己來找我對戰，只是這樣可就讓我稱心如意了。」

「……學姊……」

——學姊實在是太堅強，太帥氣……太英勇了。

但春雪當然無法將這種胸中的感慨轉換為言語，只能一心一意地注視著在自己身前閃閃發光的漆黑眼眸。

黑雪公主放緩了犀利的目光，再度以溫和的微笑迎接春雪的視線。她的嘴唇微微動起，用最低音量的耳語輕輕振動了空氣：

「現在回想起來，從一開始就一直是你在保護我啊……」

伸展開來的手指輕輕摸著春雪的右臉。春雪一顆心跳得七上八下，但仍然勉力擠出沙啞的聲音回答：

「哪裡……哪兒的話……我才多虧……」

淡黑雪公主以食指在春雪的臉上輕輕一戳，攔住了他的反駁。

「我可是你的『上輩』，不管什麼時候都有**權利**保護你。所以至少這種時候你就什麼也別說，乖乖依靠我。」

「……學、姊。」

一股熱情猛然梗在胸口，讓春雪好不容易才擠出這句話，與黑雪公主四目交會。輕輕點頭示意的劍之主仍然將手指放在春雪臉頰上，又說了一次幾小時前對他說過的話。

「我保證，我會保護你。」

「……好，好的……我相信學唔咕！」

——這句話之所以會沒能說完就變成破壞氣氛的呻吟聲……

是因為突然往後倒的駕駛座椅背壓到了春雪身上。

楓子從座椅邊緣伸出來的手猛力拉扯春雪的左耳，同時露出兩邊臉頰大大鼓起的臉，憤慨地說道：

「小幸、鴉同學！你們兩個不准擅自在別人車上打得那麼火熱！」

等到前座上的兩人都將椅背放回原來的角度，春雪也重新在後座上深深坐好，時間已經到了下午兩點三分。

隔著窗戶抬頭望去，六月中旬的天空心情似乎不太好，呈現出一片多雲的景象，但至少看得到幾個地方露出藍色，看來是不用擔心因為突如其來的雷雨而導致神經連結裝置連線出現問題了。

黑雪公主先輕聲清了清嗓子，接著以多了幾分緊張感的聲音說：

「這次的會議不是採取所有連線者互為對手的『亂鬥模式』，而是由『藍之王』兩名親信進行對戰，其他參加者以觀眾身分自動潛行，因此我們不必擔心受到他人攻擊的危險。」

「請問……學姊是說，連『心念系統』的攻擊也不用擔心？」

回答春雪這個問題的人是楓子：

「對，即使動用心念，在正規對戰場地上，仍然不可能發生觀眾受到攻擊的情形，因為觀

眾根本就沒有ＨＰ計量表。上週的『赫密斯之索縱貫賽』裡，參加者跟觀眾之所以會被Rust Jigsaw的心念傷害，是因為處於特殊的場地狀態，所有人都有設定ＨＰ計量表，只是數值被鎖定而已。」

「原來，是這樣啊……我總覺得……我總覺得這簡直……」

春雪含糊地自言自語說到這裡，黑雪公主就以平靜的聲調補充：

「簡直像是**故意留下可以用心念破壞比賽的餘地**，是嗎？」

「咦……沒、沒有，我沒有想這麼多……」

春雪趕忙搖搖頭。一旦說到這裡，下一個推測就必然得要成立。也就是說——Rust Jigsaw的那種破壞行為，是受到BRAIN BURST開發者容許的。

再怎麼說都不可能會有這種事，無論如何都不能容許這種情形。雖然這神祕的開發者到底是為了什麼目的經營BRAIN BURST，到現在仍然是一團謎，但春雪站在一名玩家的立場，已經越來越對他／她抱持一種隱隱約約的敬意，認為這個人能建構並維持這麼好玩，這麼刺激，這麼讓人樂在其中的遊戲，不，應該說是這樣一個「世界」，實在不可能會去幫「加速研究社」那些卑鄙的傢伙。

「春雪。」

他想得用力咬緊牙關之際，聽見黑雪公主以溫和的聲音叫了他一聲。

「你聽好了，你只要記住一點。加速世界的主角，是每一個超頻連線者自己，這當中也包括了你。要如何面對世界，完全取決於你自己的選擇，無論開發者有什麼意圖都不例外。」

「……好的！」

在他深深點頭的同時，視野角落顯示的時間告知離約定時刻只剩十秒。

「很好——那麼所有人開始連上全球網路。」

在軍團長的指示之下，三人的手指各自按住了自己神經連結裝置上的連線按鈕。

顯示全球網路連線的燈號亮起，接著是連線狀態的告知。當這些圖示消失約兩秒鐘之後

——

啪——！的一聲加速聲佔滿了春雪的聽覺。

一串寫著【A REGISTERED DUEL IS BEGINNING！】的火焰文字在視野正中央熊熊燃燒。

2

天空充滿了黃綠色的奇異光芒，地面鋪著藍黑色的地磚，建築物裝置著牙狀的突起，其間還有著濃密的霧氣。

「……是『魔都』場地啊？也好，可以說跟今天的主旨還挺搭的。」

這麼喃喃自語的黑之王Black Lotus以尖銳的腳尖，在腳下的地磚上踩出高亢的聲響。

春雪對自己所敬愛的軍團長那流麗而勇猛的身影看得入神，接著目光轉向在她身旁靜靜佇立的天藍色虛擬角色。

她的站姿則只有優美兩字可以形容。一頭青色顯得稍濃的長髮彷彿翅膀似的，披在嬌小的女性型軀體背部；有著平順曲線的雙手雙腳上則沒有配備任何武器。

但春雪心裡明白，明白這對如今穩穩踏在地面上，讓虛擬角色站直的雙腳，卻是她——Sky Raker引發過奇蹟的最佳證明。

若說Black Lotus是春雪的「上輩」，也是他的「劍之主」，那Raker就可說是他的「師父」。她長期離開加速對戰的第一線，在已經沒有人記得的東京鐵塔遺址上過著隱居生活。

理由是大約兩年半前，她自願切斷兩腳膝蓋以下的部分，因而喪失大部分戰鬥能力。然而遇見同樣失去能力——暫時失去「飛行能力」的春雪，傳授他「心念系統」後，讓她慢慢找回了對戰的熱情，而在上週的「赫密斯之索縱貫賽」裡終於克服了束縛自己的精神創傷，讓雙腳恢復原狀。

春雪曾經差點被Chrome Disaster完全支配，對於要擺脫負面心念的影響有多麼困難，自然有著切身的體認。

要不是當時千百合——Lime Bell以「讓目標虛擬角色的時間逆流」這種超乎想像的必殺技救了他，春雪多半會被鎧甲與自身的憎恨吞沒，六親不認地攻擊在場的數百名觀眾。

只是在負面心念之中置身幾分鐘，就已經差點回不來，更別說Sky Raker還斬斷了在現實時間中束縛自己長達兩年半的恐懼與絕望，如果這不叫做奇蹟，又該叫做什麼呢？

正當春雪滿心感慨，看著Raker的雙腳看得出神——

「鴉同學你也真是的，你那麼中意我這雙美腿呀？」

聽到這句帶有笑意的話，春雪的頭與雙手都猛力搖動：

「不、不是啦，啊師父的腿當然非常漂亮，不過我不是這個意思……」

「哦哦？原來你有戀腿癖啊？我這造型沒有小腿肚，也沒有腳踝，真是對不起你啦。」

這次換黑雪公主的藍紫色雙眼亮出危險的光芒，讓春雪再次轉頭開始辯解：

「學、學姊這是什麼話，學姊的腳我也喜歡得不得了……等等，我不是說我有戀什麼癖……」

他總覺得再說下去只會越描越黑，於是用右手指向東南方大喊：

「別別別說這些了，妳們看，導向游標指著那邊！我們趕快過去吧，趕快趕快。」

春雪說得沒錯，視野正中央有兩個灰色三角形指著同樣的方向靜止不動，只要隨著游標過去，應該就可以看到擔任今天會議地主的藍之團兩名幹部。而且導向游標上方還並列著兩條HP計量表，中間則在進行倒數。理應由一八〇〇開始倒數的數字，已經減少到一七五〇了。

「嗯，記得有說過本次嚴格要求在一百秒之內集合完畢，沒辦法，就用跑的吧。」

三人相視點頭，一起在魔都的大街上往南飛奔而去。

一般對戰中的觀眾無權破壞地形物件，但相對的會由系統賦予最大限度的移動力與跳躍力。春雪他們沿著擋住去路的大樓牆壁往上跑，接著在大樓屋頂間直線衝刺。

跑了二十秒左右，遮住行進方向的濃密霧氣一口氣散去。

眼前的光景讓春雪不由得發出聲音：

「哇……好大。」

是「城堡」。

游標所指位置靠東南方之處，聳立著一座巨大得直衝天際的建築物。這座城堡由發出蒼藍光芒的鋼鐵尖塔與奇怪的大批雕像構成，在魔都場地上發出壓倒一切的存在感，甚至讓人有種莊嚴神聖的感覺。城堡周圍有著高聳的城牆與寬闊的護城河，到處都找不到像是入口的地方。

春雪過去在杉並與新宿等地進行無數場對戰之際，也曾經瞥見聳立在遙遠東方天空的城堡，但這還是他第一次來到這麼近的距離。正當春雪看著這座雄偉的巨城看得張大了嘴，站在他右側的黑雪公主低聲說道：

「那就是現實世界當中的『皇居』，是加速世界裡唯一用上任何手段都無法進入的地方。」

「連……連用飛的也不行？」

回答這個問題的是跑在他左側的楓子：

「對。城牆上下方向都設有隱形的障壁，所以飛天跟鑽地都行不通。當然早期就已經有人試過非常多的方法……」

「沒錯，當時有過很多傳聞，說裡面藏著超強的強化外裝之類的，不過到頭來還是沒有一個人入侵成功——至少在正常對戰空間是這樣。」

春雪從黑雪公主的口氣中聽出有異，問說：

「咦……學姊這話是什麼意思？」

但他還沒聽到回答，楓子就銳利地低聲說道：

「看到了……就在那個山丘上！」

視線朝著她所指的方向望去，發現前方一處略高的山丘上有著兩個……不對，是三個小小的人影。那裡多半是現實世界皇居中稱為「東御苑」的地方。這個地方跟皇居本體不一樣，有開放一般民眾參觀，春雪也曾經在國小的社會科參觀活動中去過。

春雪放慢速度，慎重地逐步接近。儘管是以不可能遭到攻擊的觀眾身分參加，但一想到即將近距離接觸這群支配加速世界的「純色之王」，身體還是會不由自主地顫抖。

走過架在寬大護城河上的橋，鑽過壯麗的大門，沿著山丘斜坡上所設的階梯爬上去。絕對無法入侵的「魔城」就屹立在右手邊，但春雪並沒有將視線轉過去，只是一直往山丘上凝視。

階梯沒過多久就爬完，一個地上鋪著石板的寬廣空間在眼前展開。

在現實世界裡，這裡應該是有著一整片草地的江戶城本丸遺址。但眼前沒有任何植物存在，只見鋼鐵的圓柱並列在一起，排成巨大的圓圈。

不知道為什麼，只有最裡頭的一根柱子顯得特別短，高度只有五十公分左右。

而上頭坐著一具對戰虛擬角色。

藍色。那是一種深邃的藍色，有著幾乎要把人吸進去似的透明感。不是天空的顏色，也不是海的顏色。他的全身都裹在一種很難用任何現實中的事物來比喻的純粹藍色之中。

裝甲形狀完全是騎士鎧的造型，而且絲毫沒有「災禍之鎧」那種煞氣，而是像神話中的英雄一樣英姿煥發。有著護目鏡的頭盔兩側伸出兩根龍角似的角，左腰佩著一把長而厚重的雙手劍。

這個藍色虛擬角色的身體將左腳放在右膝上，雙手抱胸，擺出放鬆的姿勢，看起來並不特別巨大。如果站起來比，拓武——Cyan Pile多半還比較高，但他的全身卻散發出一種彷彿隕石從外太空逼近似的壓倒性壓迫感，讓春雪遠在二十公尺外就停下了腳步。

「……那、那就是……」

春雪以沙啞的嗓音低聲說到這裡，身旁的Raker微微點頭：

「對，那個人就是支配新宿區與文京區的軍團『獅子座流星雨』首領……有著『劍聖(Vanquish)』、『神獸殺手(Legend Slayer)』等諸多外號的９級玩家，藍之王『Blue Knight』。」

「藍……騎士……」

如果是在其他遊戲，這個極其單純的名字多半是安在小兵身上，但在加速世界裡聽到這個名字，反而有著一種絕對獨一無二的存在感。

這深不可測的威壓感讓春雪背脊顫抖，接著才總算想起這名騎士並不是要跟春雪對戰的對手。從立場上來說，彼此都只是觀眾。明明只是絲毫沒有攻擊力，甚至沒有ＨＰ計量表的旁觀者，卻會讓自己受到這麼大的壓力——光想到萬一得跟他單挑的情形，就覺得滿心驚恐。

就在這時，鏗的一聲輕響讓春雪擺脫了全身僵硬的狀態。

那是黑雪公主踏上一步的腳步聲。黑之王Black Lotus一副只把藍之王的劍氣當成微風的模樣踏上幾步，輕輕擺動右手劍說：

「畢竟今天是你當地主，我就給你面子，由我先打聲招呼——Knight，你還是一樣穿得讓人看了就熱啊。」

黑雪公主這句話讓春雪在腦子裡發出慘叫：「學學學學姊你幹嘛挑釁他啊！」而且身旁的Raker還輕輕一笑，讓他差點就想往後衝刺遁走，所幸藍色的騎士型虛擬角色以清冷的少年嗓音先開了口：

「……我說妳喔，Lotus，這根本不叫打招呼好不好？都兩年半沒見了，妳也還是老樣子，說話總是要刺人啊。」

說著聳了聳肩膀，帶得盔甲發出嚓嚓兩聲，同時先前所散發的殺氣也消失得無影無蹤。從他的口氣聽來，看來藍之王這個人物比想像中來得隨和。由於藍之團每週都會來進攻黑之團的領土，春雪本以為王自己也滿心想肅清黑雪公主，但看樣子並不是這樣……

正當春雪準備放鬆下來的瞬間。

兩個外型彼此酷似的人影，無聲無息地從橫在藍之王兩側的濃霧之中滑了出來。

——是武士！

春雪瞬間有了這樣的念頭。兩人纖細而修長的身軀上，穿著由許多長金屬片橫向重疊而成的日式全身鎧。左邊的虛擬角色是藍色，右邊則是微微偏亮的藍綠色，頭上戴的不是頭盔而是頭巾狀的金屬護具，垂著一頭綁過的長髮。從體型來判斷，兩人都是女性型。

兩名女武士型的虛擬角色以滑行似的神奇步法前進幾公尺，伸手按在左腰的刀，發出低沉的喝聲：

「即使是王，也不准拿我們劍聖說笑。」

「妳這個背叛者，光是能在場就該心懷感謝了！」

接著又是一波撼動空氣似的殺氣迎面而來，讓春雪嚇得全身發抖。

身為黑之王的手下，這時基本該有來有往地回上幾句帥氣的台詞，但他總覺得一開口的瞬間腦袋就會搬家，讓嘴都張不開來。畢竟這兩位武士正是產生出這個空間的兩名藍之王親信，也就是「對戰者」，只要她們兩人彼此同意，確實有權排除礙事的觀眾。

但就在下一瞬間——

「哎呀，兩位小妹妹一陣子沒見，說話已經變得這麼囂張啦？」

這句語帶笑意的話是發自Sky Raker。她踩響鞋跟頗高的高跟鞋走到黑雪公主身旁，朝兩名武士伸出右手掌，擺動手指說道：

「我可是很樂意像以前那樣，把妳們兩個吊在東京都廳的頂端喔？」

咿咿咿咿咿咿——春雪再次發出無聲的尖叫，在心中吶喊說：「妳竟然做過這種事！」但轉念又想既然是她，會做到這個地步也不稀奇。

兩名鎧甲武士細長的鏡頭眼上露出熊熊燃燒的怒氣，同時握住刀柄。

「「妳這人……」」

兩人異口同聲地低吼，被背後藍之王語帶苦笑的聲音打斷：

「小鈷、小錳，別太過火了。」

「「……遵命。」」

兩人迅速低頭答應，同時退開一步。

春雪鬆了口氣，這才仔細觀看並列在視野上方的兩條ＨＰ計量表。

計量表下方以閃亮的字體顯示出虛擬角色的名稱，左邊是「Cobalt Blade」，右邊則是「Mangan Blade」。既然名稱與外表會這麼相似，想來這兩人在現實世界當中的個性多半也十分接近。

如果她們是雙胞胎姊妹，藍之王能收服這樣的兩人來當自己的左右手，顯然在很多方面都很有本事……正當春雪心裡轉著這些不怎麼要緊的念頭，黑雪公主聳聳肩，再次開口說道：

「好了，Knight，你也別只顧自己坐著，可以幫我們也準備一下椅子嗎？」

「啊，這可失禮了。」

藍之王朝兩名鎧甲武士一揮手。

兩名武士立刻蹲低姿勢，再度手按刀柄。春雪還來不及縮起脖子——

隨著一聲高亢而清澈的金屬聲響響起，兩道泛藍色閃光橫掃過舞台。

兩人右手快得只留下殘影，刀身一瞬間亮出光芒，最後收刀入鞘。對這一連串的動作，春雪瞪大的眼睛就只能捕捉到這三張靜畫。

緊接著流動的白色濃霧散去，屹立在兩名武士左右的巨大圓柱分成三次，每次兩根，開始無聲無息地倒下。合計六根柱子發出轟隆巨響撞在地面上，散成無數藍黑色的金屬塊，最後只剩下斷面有如鏡子般光滑的「殘株」。

「……不……不會吧……」

春雪看得呆了，只能茫然地自言自語。

這個正常對戰空間的屬性無疑是「魔都」，而這個地形最大的特徵就是地形物件異常堅硬。過去春雪在修練心念系統時，就整整花了一週的時間特訓，才有辦法在同屬魔都場地的建築物牆上打出幾公分深的洞。

但Cobalt Blade與Mangan Blade這兩人卻只刀光一閃，就同時砍倒了三根柱子。要是站在那兒的是春雪而不是柱子，肯定一刀就讓他身首分家。

——這就是藍之團（獅子座流星雨）最精銳玩家的實力，而「王」的實力更在她們之上。

——原、原來我們要對付的對手這麼厲害……

正當一股深沉的戰慄讓春雪整個虛擬身體不斷抖動，背上卻突然被拍了一記。是Sky Raker。這個不帶任何武裝的豔麗虛擬角色將嘴湊到春雪耳邊，輕聲說道：

「鴉同學，砍倒不會動的柱子只不過是表演罷了，要是被那種把戲給嚇倒，回去我可要處罰你喔♡」

（怦怦）

黑之王與她的盟友丟下當場呆住的春雪，若無其事地往前走。黑雪公主在最靠近的右端柱子殘株坐下，Raker則侍立在她身後。Raker老師的處罰對春雪來說比武士型虛擬角色的刀還要可怕，只好趕忙從後跟去，在Raker身邊雙手環抱，抬頭挺胸站好。

兩名武士也再度侍立在主人身後，一瞬間籠罩住整個場地的寂靜，被黑雪公主一副受不了似的嗓音打破：

「……好了，跟地主也打完招呼了，你們也差不多該露臉了吧？一百秒早就過了。」

的確，倒數讀秒眼看就要讀到一六〇〇秒。不過她說的露臉是怎麼回事？現場只有藍之團與黑之團的六人在場……

春雪想到這裡，正要轉動視線，忽然間——

「虧我好心不打擾你們，Lotus妳這是什麼口氣嘛。」

一個兼具稚氣與堅毅的說話聲音不知道從哪兒傳來，接著是輕輕一聲柔軟的腳步聲。

春雪驚覺地抬頭一看，發現一個輪廓已經出現在右方距離三公尺左右的隔壁殘株上。是一個外型像是肉食猛獸直立起來的暗紅色虛擬角色。不用看她那尖成三角狀的耳朵與長長的尾巴，也知道她就是外號「血腥小貓（Bloody Kitty）」的紅之團「日珥」幹部「Blood Leopard」。

一個嬌小的深紅色虛擬角色坐在她左臂上，她就是剛剛說話的人物。

兩根天線呈馬尾狀，鏡頭眼圓滾滾的，四肢的裝甲圓潤光滑，搭配上極小的體型，讓這名少女看起來簡直有如一顆紅寶石般惹人憐愛，而她就是坐擁練馬區與中野區領土的日珥首領，紅之王「Scarlet Rain」。

她現在沒有裝備外號「不動要塞（Immobile Fortress）」由來的巨大火力貨櫃。春雪從旁注視她那惹人憐愛的臉龐，正要開口喊說Rain與Pard小姐，但就在這時……

兩名紅色系虛擬角色發出了絲毫不遜於藍之王的鬥氣，讓春雪閉上了嘴。

那不是心念的「過剩光（Over Ray）」，而是一種肉眼無法看見的純粹鬥氣。

加速世界裡的萬物都是由數位程式碼建構而成，但這種「感覺鬥氣」的現象絕非錯覺。邏輯上的說法是「虛擬角色內在的戰歷資訊分量讓他人覺得有壓力」，聽來有點怪力亂神，但真正的強者光靠存在本身就能壓倒低階的對手，就像紅色系的這兩人壓得春雪喘不過氣來一樣。

紅之王本名上月由仁子，通稱仁子；Blood Leopard，通稱Pard小姐，這兩人跟春雪是會在現實中見面的朋友，而日珥與黑暗星雲之間也曾聯手出擊，因而締結無期休戰協定。

但兩人嚴峻的表情卻告訴春雪，他們之間並不是那種到哪裡都該黏在一起的關係。在感到一絲落寞之餘，春雪也覺得這種態度才正確，因為BRAIN BURST的存在，就是要讓每個擁有者互相競爭來變強。

不——

其實還有另一個理由讓春雪不敢正視仁子。

現在寄生在Silver Crow的強化外裝（Chrome Disaster），本來應該早在仁子以軍團長權限「處決」了上一代持有人，也就是她的「上輩」時，就已經處理掉了。從這個角度來看，今天聚集的諸王之中，就屬仁子有著最強烈的動機來主張處決春雪……

春雪強行逼自己不想下去，將臉轉回前方。同時Blood Leopard的聲音低沉地響起：

「『日珥』只有王跟我兩個人參加，招呼就省略了。」

仁子從她手臂上跳下，坐到鋼鐵的圓椅上，Leopard就侍立在她身後，雙手扠腰。

這樣一來，七王之中已經有三個人到場。被斬斷的七根並列成半圓形的柱子之中，藍之王坐在正中央，從正面望去最右端坐著黑之王，她的右手邊則坐著紅之王。

正當春雪緊張地想著下一個人會從哪邊過來——

從霧氣中傳來的卻不是腳步聲，而是一種彷彿氣都悶在喉嚨裡的高笑聲：

「哼、哼哼哼……」

這陣明顯充滿嘲笑與侮蔑的笑聲，他並不是第一次聽到，但卻分辨不出聲音傳來的方向。春雪四處張望，但不管他朝哪個方向望去，聲音來源都會繞到他後方。

「哼哼……『王』？如果我沒記錯，記得王這個說法應該是『純色七王』的簡稱吧？可是坐在這裡的這個小不點身上的顏色未免有點廉價，似乎不能算是紅色吧……？」

這句不知道打哪兒來的話，顯然是在侮辱紅之王Scarlet Rain。

仁子是統領七大軍團的諸王當中唯一的「第二代」。上一代的紅之王「Red Rider」在兩年半前被黑之王一擊斬斷首級，當場套用到9級玩家之間的生死鬥規則，永遠離開了加速世界。而挺身復興瀕臨瓦解的「日珥」軍團，成了第二代軍團長的人就是仁子。她的虛擬角色配色的確不是純紅，而是亮度稍高的腥紅(Scarlet)，但這絕不代表有人可以說她不是真的王。因為——

「顏、顏色哪有什麼要緊！Rain是憑實力升上9級，這不就是當上王的唯一條件嗎！」

——就是這麼回事。

這時春雪才發現自己說出了腦子裡的想法。身旁的Raker嘻嘻一笑，坐在稍遠處的仁子本人也不禁露出苦笑：

「……我想說的話都被站在那邊那隻烏鴉說完了，所以我就只補充一句——如果要比廉價，我倒覺得你這身香蕉色也不會輸啊。沒時間了，趕快出來啦。」

紅之王撂下這句話，彈響右手手指，指向另一側並列的三根圓柱裡正中央的一根。

春雪趕忙定睛凝視，發現先前一直以為空蕩蕩的短柱上，已經站著一個小小的紙人偶似的物體。他的頭歪向一旁五公分左右，接著才恍然大悟。

過去黑雪公主在躲避諸王派來的殺手之餘，為了得到加速世界的情報，也曾經用過這種「觀戰專用的臨時虛擬角色」來觀戰。剛剛說話的人就是反過來利用自己的觀眾身分，換上了最不醒目的虛擬角色。

春雪想到這裡，緊接著就以紙人偶為中心，冒起了一陣白煙。

當白煙被場上的微風吹散，站在圓柱上的已經換成一個有著鮮豔——鮮豔到了刺眼地步——黃色外裝，身材纖細的小丑型對戰虛擬角色。

他戴的帽子上左右各有一根大幅彎的尖角，帽子下則是一副以細長開口畫出眼睛與嘴巴，做出笑臉表情的面具。肩膀與腰間圓圓鼓起，伸展出來的四肢卻十分修長。

小丑以像針一樣細長的右手手指抵在下巴，繼續發出語帶竊笑的聲音：

「哼哼，說是香蕉色也未免太難聽了吧，我自己倒是比較喜歡被比喻成鈾元素啊。不過這也沒辦法，畢竟猴子跟小孩子就是喜歡香蕉嘛，哼哼哼……」

這個搖頭晃腦笑個不停的小丑，正是先前設下圈套，企圖一口氣解決黑雪公主與仁子的「黃之王」，也就是領土遍及台東區、荒川區與足立區，甚至連秋葉原也納入支配的「宇宙祕境馬戲團」首領——「Yellow Radio」。

從他的舉止與饒舌的態度，看不出其他諸王那種厚重的威壓感。

但春雪曾經目擊他與黑雪公主之間的接近戰，深知這人絕對不好惹。Radio是毫無雜質的黃色，也就是純粹的「間接攻擊系」角色，卻能與Black Lotus打得難分難解，絲毫不落下風。

看樣子黃之王一名親信都沒帶，是孤身來到現場。當他收起笑聲後，隨即右手按在胸前，狀似殷勤地行了個禮，接著以滑行似的動作坐到圓柱上。

——這樣就有四個人了。

「……還沒來的是，呃……」

春雪喃喃自語的同時，這次聽到了一陣堂堂正正的腳步聲。堅硬而沉重的喀喀聲撼動整個場地。聲音來自右後方，猛然回頭一看，一個大型虛擬角色正好撥開濃霧走了出來。

這人身材高大，但稱不上巨大。純以體型而論，別說比不上裝上強化外裝的仁子，多半還沒有藍之團的中階成員「Frost Horn」高大。

但春雪從來沒有對上過這種有著壓倒性厚重感的虛擬角色。

從面罩、肩膀與下半身都覆蓋著像是厚重鋼板的鎧甲，但腰身卻十分結實，絲毫不讓人覺得笨重。這人右手是空手，左手則拿著一面極為厚重的大盾。

而他全身裝甲的顏色，是比綠寶石更加深邃而鮮明的綠色。

「……綠之王……」

曾在重播影片中看過這個虛擬角色幾秒鐘的春雪喃喃說出這個稱號，身旁的Raker也點點頭，輕聲補充說道：

「對。他就是擁有從澀谷區到大田區廣大領土的綠之團『長城』首領『Green Grande』，外號叫做『絕對防禦（Invulnerable）』。」

「記得有人說過他的ＨＰ計量表從來不曾變成黃色啊……」

春雪在同等級的對戰中即使獲勝，計量表也常常被打成紅色，自然忍不住對此感到讚嘆，結果坐在身前的黑雪公主卻嗤之以鼻地說：

「他的『對戰』場次本來就很少，因為他升上9級所需的點數，幾乎全都靠單獨獵殺公敵賺來。當然這點也是挺了不起的啦……」

「是喔……」

春雪再次發出讚嘆。所謂「公敵」是指在無限制空間裡昂首闊步的異形，就連嘍囉級的種類都有著不得了的戰鬥力，而且即使大費周章地打贏，得到的點數也非常少。就連玩一般ＲＰＧ遊戲時最喜歡「一點一滴賺取經驗值」的春雪，若不是遇到正規對戰連輸很多場的情形，對獵殺公敵的賺法也是敬謝不敏的。

綠之王自然不知道遠處有人把他當成「練功達人」而投以尊敬的視線，以毫不動搖的腳步走向仁子與藍之王之間的圓柱，重重坐了下來。他跟黃之王一樣沒有帶隨從。

綠之王就這麼不發一語地靜止不動，但看樣子沒有人對此覺得訝異，他沉默的印象多半已經深植人心。

春雪再次轉頭向前，深呼吸一口氣。

最強的各個「王」這麼接二連三登場，讓春雪也開始習慣了壓力，連先前一直顫抖的膝蓋也在不知不覺間固定，雙手冰冷的麻木感也已經消失。

——沒錯，沒什麼好怕的。我也是黑之王Black Lotus的手下……不對，我甚至是她的「下輩」，只要像Raker姊那樣抬頭挺胸就好。

春雪在內心這樣說服自己，正要抬頭挺胸，但就在這一瞬間——

「……！……？」

一股彷彿被人用冰冷的手揪住心臟的感覺，讓春雪的顫抖達到最大限度。

——這是……怎麼回事？

——是殺氣……？不對，沒那麼簡單，還要更加斷定……是一種堅決排除的意志。是一種無聲的宣言……要處決我，將我從加速世界中放逐出去……

喀。喀。

高亢的腳步聲響徹四面八方。

春雪全身僵硬之餘，仍然拚命側耳傾聽。是北邊，腳步聲是從座位繞成半圓形的諸王正面接近。春雪扭轉僵硬的脖子，轉動視線看去。

濃霧後方出現了一個輪廓。

光看到影子，就已經能直覺判斷出這是女性型的虛擬角色。因為她的長髮配件與裝甲護裙都在搖動。腰部細得不合常理，雙腳也像針一樣細。

喀、喀、喀。這有如用劍刺向地面似的銳利腳步聲，多半是來自她那鞋跟比Sky Raker更高了一倍的高跟鞋。

這雙腳一踏入成排柱子排成的圈子，濃厚的霧氣彷彿承受不住她的殺氣，當場吹散開來。

如果要用一句話來形容這名終於現身的虛擬角色，除了「女王」二字之外不作他想。

先前那看似頭髮的部分，其實是從額頭上的圓冠伸展出來的面紗型裝甲。面罩美麗而銳利，肩膀與胸部的部分儘管十分女性化，卻又給人高高在上的感覺。高腰的長裙狀分割裝甲往下延伸，縫隙間露出細長的雙腿直至大腿根部。

錯不了，春雪見過的對戰虛擬角色當中，就數她最適合以「妖豔」二字來形容。然而她的美卻不是那種會令人想伸出手去的美。因為包括她頭部的王冠在內，全身各處都加上了有銳利尖刺閃著光芒的荊棘狀裝飾。

她的右手提著一根恐怕有一公尺半的錫杖，杖的前端有條尖針特別長的玫瑰藤閃著光芒。

全身裝甲的顏色都是神祕的紫色，一有光線照耀就會映出迷人的光芒。

「終於現身了……」

Sky Raker瞇起鏡頭眼，凝視著腳步聲踩得喀喀作響的女王型虛擬角色，以極低的音量輕聲說道：

「她多半就是今天聚集的諸王之中，跟我們敵對得最徹底的一個。領土分布涵蓋銀座到灣岸區的軍團『極光環帶』首領，外號『紫電后（Endless Voltage）』的紫之王『Purple Thorn』，而她右手提的錫杖就是『七神器（Seven Arcs）』之一的『The Tempest』。」

「神……神器？」

這個聽不慣的單字讓春雪複誦一次，Raker就很快地補充說明：

「就是指一般推測加速世界裡一共存在七件的最強等級強化外裝。目前已經確定存在的除了那把杖以外，有藍之王的大劍『The Impulse』與綠之王拿的大盾『The Strife』，還有就是……」

Raker說到這裡，一瞬間顯得欲言又止，但春雪沒有機會反問。

因為紫之王在圓柱圈子正中央緩緩行進，來到坐在七根柱子殘株最右端的黑雪公主身前時停下腳步，以錫杖下端在地面上刺出高亢的聲響。

她的面罩微微轉向黑雪公主，帶得薄面紗輕輕搖動，形狀銳利的鏡頭眼附上了紫水晶色的冷光。

連先前這個女王型虛擬角色往全方位發散的壓力，都足以讓春雪嚇得全身發抖，現在這股壓力更集中在黑暗星雲的三人身上，讓春雪一瞬間幾乎真的要昏過去。

如果那是明確的憤怒或憎恨，反而還好應付。畢竟春雪當上超頻連線者的這八個月以來，也已經經歷過多次雙方憤怒對碰的戰鬥。

但紫之王所發出的情緒卻沒有這麼單純。那是一種絕對的否定意志，讓人覺得跟她之間完全沒有互相理解的餘地。春雪直覺地體會到無論今後狀況有什麼樣的改變，跟這個對手都只能永遠對抗下去，直到加速世界結束為止。

紫之王Purple Thorn低頭看著Black Lotus兩秒鐘左右，之後平靜地開了口：

「好久不見了，Lotus，我可沒想到還會有要跟妳說話的一天。」

她說話的語調毫不帶刺，反而像冰一樣平滑。這種一旦碎裂就會散成無數銳利刀鋒的緊張感，讓春雪一口氣更加喘不過來。

紫之王的嗓音在威嚴中帶著幾分女性化的甜美，讓春雪覺得有些耳熟。他想了一會兒，立刻想了起來。春雪確實聽過她說話。當然不是直接聽過，而是先前在無限制空間裡看到的一段重播影片當中，記錄了紫之王的聲音。她的嗓音從春雪的記憶底端浮起。

——Rider，你剛剛這句話我可不能聽過就算！

——等一下等一下！

一個聽似憤慨，卻又像是在撒嬌的少女呼喝聲。

影片中的那個時候，黑之王Black Lotus正以雙手繞在初代紅之王Red Rider背後，所以跟紅之王十分親密的紫之王才會發出這種擺明是在吃味的叫聲。

但緊接著——

Black Lotus的雙手劍就像一把巨大剪刀似的合上，砍得Red Rider身首分家。

已經達到9級的超頻連線者都會受到生死鬥規則的限制，一旦敗給同樣9級的對手，就會當場失去所有超頻點數。也就是說，紅之王從那一瞬間起，就已經從加速世界當中被永遠放逐出去。

重播影片最後所記錄到的，就是Purple Thorn那聽來像是絲綢撕裂的尖叫聲。

根據春雪聽到的情形，那一幕結束之後，黑雪公主就獨自與剩下的五個王展開殊死戰。然而她一個人都沒能打倒，自己卻也並未落敗，三十分鐘的對戰時間就這麼結束。之後長達兩年的時間裡，黑雪公主一直切斷與全球網路的連線，蟄伏在梅鄉國中的校內網路之中，直到去年秋天，發生了Cyan Pile襲擊與Silver Crow誕生的這兩個契機出現。

這兩位王所背負的過去都太過沉重，彼此繼續以鬥氣與視線較勁了好一會兒，春雪實在無法不去擔心Black Lotus會低下頭去。想必黑雪公主到現在還由衷後悔當初以突襲方式打倒Red

Rider，哪怕紅之王早已不記得自己還是超頻連線者時發生過什麼事。

然而——

黑水晶虛擬角色那造型銳利的面罩絲毫沒有動搖，承接住了荊棘女王的視線。

過了一會兒，飄著濃霧的空間裡聽見了黑雪公主那低沉而平滑的嗓音：

「我也一樣，Thorn，因為我本來確信下次見面的時候，一定會有一邊的人頭落地。」

這句話說得十分冷靜，沒有絲毫動搖，讓紫之王慢慢眨了眨虛擬角色的眼睛。會覺得她接下來所說的話多了幾分寒氣，恐怕並不是錯覺。

「……也許真的會這樣，不是嗎？比方說，如果在場的所有人都同意將模式從『正常對戰』轉為『亂鬥』……可能性的確存在。」

春雪吞了口口水，拚命忍著不喊出心聲：「開什麼天大的玩笑，我絕對不會同意！」

但黑雪公主卻發出呵一聲短短的笑聲，若無其事地回答：

「那就更好辦了。如果今天就是BRAIN BURST這個遊戲破關的日子，這麻煩的會議也就不用開了。」

一聽她這麼說，春雪再次當場僵住。這番話聽起來，似乎也可以解釋成她當眾宣告說要當場再獵殺四個王來升上10級……不，除此之外再也沒有別的解釋了。身旁的Sky Raker居然還能站得若無其事，其膽量之大實在讓春雪無法置信。

黑之王的回答讓紫之王微微歪了歪頭。

接著忽然以右手錫杖輕輕往石板上一戳。

鏗一聲銳利的聲響想起，緊接著出現的狀況更讓春雪心膽俱寒。原來從紫之王走來的方向，又傳來了許多整齊劃一的腳步聲，有多達八名的超頻連線者同時現身。

顏色與裝甲形狀都各不相同，但一眼就看得出每個人都是不得了的高手，想來紫之團的最強戰力都已經出動。

Purple Thorn這時首次露出滿臉微笑，說道：

「如果以為我是開玩笑，這誤會可就大了，我當然有做好準備。這樣真的動起手來，才不會又被妳給跑了。」

這不是示威或虛張聲勢，她是認真的。這個人內心藏著讓人根本不敢妄想去理解的強烈情緒。

春雪感受到一股幾乎令他無法呼吸的壓力，右腳微微退開一步。

但黑雪公主仍然不改當初的態度，竟然還在這種狀況下呵呵笑了幾聲：

「呵呵……原來如此，這可錯看妳了。可是啊，Thorn，如果妳真有打算拿下我的首級，不是應該讓妳的手下埋伏在戰區邊界上嗎？就像坐在那邊的Radio一樣。」

春雪大吃一驚，朝坐在對面的Yellow Radio看了一眼。黃色的小丑只微微聳了聳肩，什麼話也沒說，但仔細想想就覺得沒錯，哪怕只有〇點〇〇一％的可能性讓會議演變成戰鬥，黃之王就不可能孤身赴會。

對黑雪公主的話起了反應的不是紫之王，而是從八名隨從之中站了出來的一名女性型虛擬角色。

裝甲的顏色是紅酒般濃烈的紅紫色，大大的帽簷與外擴的大腿輪廓，簡直像是軍服的造型，但她兩邊腰上插的不是槍，而是捲在轉輪上的鞭子。

女性軍官型虛擬角色在紫之王身後一步的位置亭下腳步，發出極其冰冷的聲音：

「虛張聲勢到這個地步，可就滑稽得很啊，住地洞的王。雖說現在妳已經爬出地面活蹦亂跳，不過只要六王有這個意思，一天就能踏平妳們那小小的邊境領土，要是妳忘了這點，可就令人傷腦筋了呢。」

她的口氣侮蔑到了極點，但春雪卻只能咬緊牙關強忍。

很遺憾的，他不能不承認這個軍官型虛擬角色所言不虛。現在黑暗星雲已經支配了整個杉並區，但每個週末的領土戰爭裡，來犯的有七成以上都是中小規模軍團，六大軍團裡只有東方臨接的「獅子座流星雨」每次都會派一兩隊參戰，再來就是南方的「長城」偶爾派人進攻，而且挑戰者的平均等級都只有４到５級，從來不曾出現７級以上的高手。

但即使如此，維持領土對於成員只有五人的黑暗星雲來說仍然絕不輕鬆。萬一六大軍團傾全力在一次戰爭時間裡集中展開攻勢，他們實在無法在莫大次數的防衛戰裡贏得半數以上的勝利，黑之團的旗號多半會從加速世界的地圖上消失。

也就是說，從某個角度來看，正因為六王——不，仁子現在處於休戰狀態，所以只有五王——採取觀望的態勢，春雪等人才能持續守住大本營所在的杉並區。

別說對女性軍官型虛擬角色反唇相譏，春雪甚至連在心中都無法反駁，忍不住就要低下頭去。

但就在視線即將落到腳下之際，一道堅毅的說話聲音自身邊響徹四周，讓春雪立刻驚覺地抬起頭來。

「辦不到的事情，真虧妳能說得這麼得意啊，『Aster Vine』。」

說話的是Sky Raker。她身為黑雪公主的副官，對軍官型虛擬角色的恫嚇毫不退縮，抬頭挺胸地做出反駁。

看似叫做Aster Vine的使鞭高手在帽簷下銳利地瞇起雙眼，以更加低溫的聲音回答：

「辦不到……？我看妳是龜縮太久，腦袋已經生鏽到連戰力都不會評估了。」

「妳才是一陣子不見，怎麼已經老眼昏花到連現實都看不清楚了。」

這劇烈得幾乎讓空氣都帶電的舌戰，讓春雪只能呆呆站在原地聽。

他怎麼想都不明白Sky Raker所說的「現實」是什麼意思。不管是比人數或合計等級，黑暗星雲跟紅之團以外五大軍團的差距都大得讓人覺得連比都沒得比。Raker到底想說什麼呢……？

稍作停頓之後，Raker自己說出了這個問題的答案：

「——如果妳以為諸王是好心讓黑暗星雲的領土存在下去，那就表示妳太遲鈍，再不然就是妳的主人根本不信任妳。要是有辦法，他們早就毀了我們，之所以做不到——純粹是因為他們這些號稱『王』的人自己非常清楚，知道他們的支配力並非絕對。」

「……妳說，什麼？」

Aster Vine擠出的嗓音十分不協調，相較之下，紫之王則繼續保持令人毛骨悚然的沉默。從她雙眼露出的光芒看不出任何情緒，只聽得到Raker冷靜的說話聲音繼續響徹在冰冷的魔都之中：

「妳聽好了，你們雖然號稱六大軍團，但成員人數總計也只勉強超過六百人，相較之下，現在住在東京都心的超頻連線者卻超過一千人。領土地圖也是一樣，包括這個千代田區在內，有將近四成都處於灰色的中立狀態。」

「……那又怎麼樣？除了純色六王以外的軍團，全都是些吹口氣就會不見的泡沫組織，就連你們安身立命的那塊彈丸之地也不例外。」

「的確，這些軍團的規模都很小……可是呢，包括不參加軍團的超頻連線者在內，這四百人有個共通點，那就是『都沒有參加六大軍團』。」

Sky Raker一瞬間頓了一頓，接著以彷彿她自己也是9級玩家似的威壓感說下去：

「妳聽好了，這些人幾乎全都是自己主動選擇參加小規模的軍團，因為他們對簽訂『互不侵犯條約』而導致加速世界停滯的諸王抱持著反感。他們現在非常關注Black Lotus與黑之團回歸之後的動向，想看出我們『反叛的意志』是不是玩真的。要是這種時候，六王的軍團傾全力去封殺黑之團，妳想會發生什麼事？我們的旗號的確會暫時從領土地圖上消失，可是這並不代表黑之王本人會從加速世界消失，軍團本身也會繼續存在。接下來這些小軍團的動向也會從『注視』有了更進一步的發展。如果這些人全部聚集在一起，妳還敢說他們只是泡沫嗎……？」

這時春雪才總算覺得自己朦朦朧朧地聽懂了Raker要說的話。

上週的「赫密斯之索縱貫賽」裡，有多達五百名以上的觀眾聚集在軌道上。當被視為背叛者而放逐的黑之王登場時，他們也完全沒有口出惡言，反而還聲援得非常熱烈。想必其中一定隱含了期待黑之王打破停滯現狀的心情。

如果這股能量匯集為一股勢力，相信就連六王也不能忽視……不，想來甚至必須視為一大威脅。

Sky Raker對不再說話的Aster Vine張開右手掌說道：

「妳懂了嗎？如今加速世界所處的狀況遠比妳想像中更加緊迫，乍看之下顯得停滯的水面下，其實已經有好幾股強大的水流開始在流動。」

清麗的嗓音殘響繚繞在鴉雀無聲的場上，隨即消失無蹤。

打破這陣沉默的，是紫之王的高跟鞋踏出的聲響。

她頭轉回前方，彷彿對Raker指出的事實毫不介意，靜靜地從春雪等人面前走遠。

Aster Vine也只在最後留下強烈的一瞥，從她身後跟去，剩下七名隨從也從後追隨她們兩人而去。

紫之王在繞成半圓形的七根柱子裡，挑了藍之王與黃之王之間的空位坐下，八名超頻連線者則在她身後排成V字形。這壯盛的陣容帶來的威壓感，顯然比在場的任何一個軍團都更加強大。

——幸好「極光環帶」的領土是在遠離杉並的銀座跟有明。春雪先是感觸良多地想著這個念頭，接著才趕忙挺直腰桿。要是這種喪氣的想法被身旁的兩人看穿，真不知道回去會受到什麼樣的處罰，趕緊小聲說幾句話來敷衍：

「這樣……就有六個人了。還有一個人是，呃……」

現在到場的勢力包括黑、藍、紅、綠、黃、紫，這也就表示剩下的一個人是——

但春雪還沒說出心中的想法，黑雪公主就以極低的聲音說道：

「不，這個人不會來。」

「咦……？」

「剩下一個人不會出現在這裡，肯定只會派代理來。」

春雪正想問她為什麼會知道這種事。

緊接著就覺得視野角落有點不對勁。他閉上嘴四處張望。

但看不到任何異狀。魔都屬性下的東御苑本丸遺址仍然靜靜地籠罩在白色濃霧之中。排成圓形的圓柱之中有將近半數都被砍倒，成了七張現成的椅子，上頭靜靜地坐著七名支配加速世界的各大軍團代表——

「咦！」

發現**這點**的瞬間，春雪不禁上半身一顫。

砍出來的椅子有七張，到目前為止已經登場的王則有六名，所以應該還空著一張，然而如今春雪視野當中的每一張椅子上頭都坐了人。是自己漏看了其中一人登場嗎？不，這不可能。

先不說從頭到尾都在緊張的春雪，總不可能連Raker與黑雪公主都沒發現。

因為照理說應該還空著的這張椅子，就存在於黑之團三名成員的正對面。如果是九十度的側面也還罷了，要是有人坐到正對面的柱子上，應該一定會看到這個人的動作。然而現實就是這張只離了十公尺左右的椅子上，不知不覺間已經多出了一個超頻連線者。

這人的身材十分纖細，全身裝甲有著沉穩的單純造型，沒有攜帶任何狀似武器的物品。唯一算得上特徵的，多半就是細長尖銳的頭部。頭盔部分只有前方刻有曲線狀的分割線，看不到眼睛跟嘴巴。由於他雙手雙腳併攏地坐在圓柱邊上，看起來實在不像對戰虛擬角色，反而比較像是裝飾用的雕像，全身的顏色則是陶瓷一般不太有光澤的象牙色。

這個虛擬角色的存在感極為稀薄，絲毫感覺不出其他諸王那種光是在場就會發出的濃厚壓力。春雪甚至懷疑他是否真的是一尊雕像，懷疑是不是自己漏看了從一開始就存在的雕像……

正當春雪忽然落入困惑泥沼的瞬間……

象牙色的虛擬角色雙手仍然放在膝上，上半身往前鞠躬行禮。當他拉回上半身之後，發出了除了聽得出是男性以外沒有任何特徵的嗓音：

「我是『震盪宇宙（Oscillatory Universe）』所屬的『Ivory Tower』，全權代理白之王參加本次會議，還請多指教。」

他的開場白非常例行公事，簡直讓人懷疑這裡是不是從加速世界的對戰空間轉變成了哪家公司的會議室。

其他諸王及其親信聽了這樣的說法，也都多少露出了經過壓抑但仍然明顯的不悅。想來他們也都沒有發現Ivory Tower的出現，尤其坐在他隔壁的黃之王，還用尖銳的腳尖敲打地板，表現出忿忿不平的心情。

但氣氛惡化的情形只有持續幾秒鐘。

坐在中央椅子上的藍之王Blue Knight鳴響鎧甲站起，發出了強烈迴盪的聲音：

「好，這樣所有人都到齊了。首先我要先感謝各位，至少七大軍團都沒有缺席，辛苦大家了。」

「只是跟兩年半前的七王會議比起來，可就有兩個面孔不一樣啦。」

這個多嘴的人當然是Yellow Radio。他多半是在譏諷紅之王換成了第二代，以及白之王只派代理參加的情形，但卻沒有人理他，藍之王也只微微露出苦笑，繼續主持會議：

「時間也不多了，我就馬上進入正題——我想在場的人都已經知道，所以簡單講重點。上週舉辦的『赫密斯之索縱貫賽』活動當中，有人在數百名觀眾見證之下發動『心念系統』。今天的第一個議題，就是討論我們要如何因應這個狀況。說是說討論，其實可以想見的因應之道只有二選一，不是照舊全力隱匿這個系統的存在，就是乾脆對所有超頻連線者公開這個事實。」

「公開根本不可行，不是嗎？」

Yellow Radio再次發言，顯然覺得這個方案愚不可及，還攤開他細長的雙手，以誇張的動作聳聳肩：

「心念系統說來就像核能一樣啊，要是不嚴加管理，難保不會對加速世界帶來毀滅性的浩劫，這不是我們的共識嗎？」

他歪了歪小丑的尖角帽，接著坐在他左邊隔壁的紫之王立刻提出異議：

「Radio，現在的問題就是我們的管理已經被突破了啊。如果要用核能來比喻，現在的狀況就是核能原料已經散播到了全世界，事到如今又怎麼有辦法收回？」

「就算是這樣，難道我們要親切到連飛彈的製造說明書都雙手奉上？大多數超頻連線者連心念系統是什麼都還不知道，只要堅稱是活動關卡設定上的缺陷不就好了？」

聽黃之王這麼說，紫之王正要反駁，卻有個聲音插了進來：

「請問，我可以發言嗎？」

說著還很有禮貌地舉手，這個人就是坐在半圓形左端的象牙色虛擬角色，代理白之王的Ivory Tower。當所有人的視線都集中過去，他就放下左手說道：

「在討論因應之道以前，是不是應該先弄清楚為什麼會發生這種事呢？這個在活動中解放心念，連觀眾都捲進『空間侵蝕』之中的這個超頻連線者，到底是哪裡來的什麼人，又有什麼目的呢？」

沉默暫時支配了整個場面。

他所說的這個超頻連線者名稱與所屬勢力，春雪都已經知道。

但要當場說出這些，卻讓他有著巨大的猶豫，因為要描述這個神祕組織，也就表示必然要提到自稱是該組織「副會長」的超頻連線者，而且這個人名稱上所冠的顏色，與他最敬愛的劍之主一樣是「純色的黑」。一旦知道這點，其他諸王肯定會懷疑她有所牽連……

「『加速研究社』的成員『Rust Jigsaw』，就是在活動中發動心念攻擊的超頻連線者。」

「……？」

聽到這個美妙嗓音的瞬間，春雪倒吸一口氣。

是黑雪公主。黑之王Black Lotus絲毫不畏懼即將指向自己的疑念，流暢地說了下去：

「組織全貌還不明朗，但他們自稱是『社團』而非軍團。其他已知的成員則有已經從加速世界中退場的『Dusk Taker』，以及另一個……」

「Lotus，妳等一下。」

就在她即將揭曉**那個名字**之前，一個銳利的說話聲切了進來。

是坐在春雪等人右邊座位的紅之王Scarlet Rain。她雙手抱胸，散發出與她那在場最小的身材極不搭調的強烈威壓感。

發現是仁子在幫腔，春雪正要鬆了口氣，然而……

朝他一瞥的圓形鏡頭眼發出了火焰般灼熱的鬥氣，讓春雪當場停止呼吸。

「……要是不先解決另一個議題，那我可待不下去了。有個沒資格在這裡談論心念威脅的傢伙混了進來，他的身上有著本來應該已經完全消失的『詛咒之力』，有著最極致的心念黑暗面。」

3

「好了，趕快回到座位上，要開長班會啦。」

級任導師拍響手掌，讓部分學生發出不滿的抗議聲：

「咦～上課鐘聲都還沒響，這是在扣我們的時間。」

「那等到鐘聲響起時誰沒坐在椅子上，我就要加派作業給他們了！你們聽，鐘聲就要響了，三、二、一……」

春雪托腮聽著灌滿整個聽覺的第六堂課上課鐘鐘聲，以及同學們乒乒乓乓趕回座位上的聲響。

窗外還是一樣飄著毛毛細雨，將街道染成一片灰色。天氣預報說梅雨季節要等兩週才會過去，但隨後馬上就是期末考，讓春雪沒辦法衷心期待那一天的來臨。

當然只要撐過考試，後頭就有光明的暑假等著自己，但他可沒有這麼達觀，沒辦法靠還那麼遙遠的樂趣來鼓勵自己積極邁進。光是想到眼前這一週裡即將來襲的課程（尤其是體育）與作業（尤其是作文），就忍不住嘆氣。

不過作業這方面即使一拖再拖，至少還可以靠在最後一刻用花費1點超頻點數的方式蠻幹。春雪在透過「加速」得到的三十分鐘時間裡處理作業的能力，強得連成績優秀的拓武都納悶地覺得為什麼他平常無法發揮這種專注力。

但唯有每天從早到晚排得滿滿的課程，就無法靠加速來集中處理了。體育課裡在跑道上跑得氣喘吁吁的時候，甚至會懷疑是不是有減速功能在運作，而且也許真的有這麼回事。按照BRAIN BURST的運作原理，只要心跳上升，思考時脈也會跟著加速，拉長了體感時間。這是否表示只要練到跑步時心臟也不會猛跳一通，就會覺得體育課過得比以前快呢？好，下次就去下載個中國拳法修行程式之類的東西，特訓一下法輪之力吧。

春雪不經意地看著窗外，腦子裡轉著這些不切實際的念頭，對導師的話左耳進右耳出。

「……大家分到這一班已經過了兩個月，不過這陣子正是最容易鬆懈的時候啊。大家看，這個圖表是顯示從四月以來遲到跟忘記帶東西的……」

如果是在平常，一天最後的班會是擬定放學後「對戰」計畫的寶貴時刻。對於喜歡沙盤推演的春雪來說，思考要去哪個戰區、嘗試什麼樣的戰術、跟誰打、或是要旁觀誰的打鬥這些問題，進行這種沙盤推演的時光即使比不上真正的對戰，卻也能過得非常開心，所以通常班會時間都是想著想著就過去，但今天卻覺得時間進行得異常緩慢。

理由非常明顯。

因為春雪已經被逼到根本沒心思去擬定對戰計畫的狀況之中。從某個角度來看，甚至可以說壓力比兩個月前「飛行能力」被搶走的時候還大。

因為他已經被逼到可能無法再當超頻連線者的邊緣。

昨天星期日，「七王會議」結束後，楓子開車送春雪到住家附近。在黑雪公主與楓子的鼓勵下，春雪勉強擠出笑容回應，但踩著沉重的腳步走在環狀七號線步道回家的路上，還是忍不住低著頭數起地磚。

當他垂頭喪氣走進電梯，上到二十三樓，走過鴉雀無聲的走廊，來到自家門前時準備按下顯示在視野中的開鎖按鈕——

但就在這時，春雪發現門邊有個縮得小小的人影，整個人當場定格。

這人穿著圖案搶眼的T恤與緊身靴型牛仔褲，沒穿襪子就直接穿著褪色的球鞋。即使穿得這麼隨便，仍然能一眼就能看出她不是男生。因為她的頭部兩側綁著有如火焰一般的紅髮，在昏暗的照明下仍然閃耀出光澤。

「……仁、仁子？」

春雪茫然地叫了她的名字一聲，嬌小的少女慢慢抬起頭來，露出剽悍卻又有著幾分無力的笑容：

「……你也拖太晚啦。我們明明同時離開千代田區，居然還害我等了十分鐘以上。」

「抱、抱歉。」

春雪忍不住道歉，就看她輕輕聳了聳線條尖銳的肩膀：

「當然我有Pard騎機車接送，自然會比較快啦。」

「這……這我怎麼有可能追上嘛。倒、倒是啊……」

春雪連連眨眼，問說：

「妳怎麼……會來這裡？」

仁子一瞬間撇開視線，哼了一聲之後才說：

「說來話長，你要在走廊上聽完嗎？」

「啊，啊啊，抱歉。」

春雪趕忙碰了碰繼續顯示在視野中的開鎖按鍵，打開照慣例沒人在的家門說了聲請進，仁子這才細聲輕舒一口氣，手撐在兩邊膝蓋上站起。

春雪請這名突如其來的訪客到客廳坐下，到廚房準備好兩杯柳橙汁回來一看，不由得又納悶起來。

不管看幾次都一樣，這名年紀比自己小，坐在沙發上看著窗外陰天的少女，無疑就是仁子＝上月由仁子——也就是支配「日珥」軍團的紅之王「Scarlet Rain」本人。

可是到底為什麼？春雪跟仁子不止交換了匿名郵件位址，連呼叫號碼都給了，照理說多的是方法可以聯絡。更別說竟然在玄關旁邊抱著膝蓋等人回來，這種作風跟仁子的印象可說天差地遠。春雪將果汁放到玻璃茶几上，從旁再次仔細打量她小小的臉龐。

她那長著淡淡雀斑的臉上，看不見平常那種發光發熱的活力，甚至顯得有些無助，簡直無法想像她跟在會議席中撂下狠話的紅之王是同一個人。春雪腦海裡重現出了她銳利的聲音：

——有個沒資格在這裡談論心念威脅的傢伙混了進來。

正當春雪想起這句烈火般熾烈的杯葛所蘊含的強烈熱量時，眼前的仁子卻彷彿看穿他的心思似的開了口：

「……不好意思啦，剛剛把你說成那樣。」

「咦……哪、哪裡，別這麼說。」

春雪本已坐在沙發上，聽了後趕忙站起，連連搖頭：

「剛、剛開始我當然嚇了一跳，不過後來學姊跟Raker姊都跟我解釋過……她們說仁子當時之所以會提起我……不，應該說提起寄生在我身上的『災禍之鎧』，是因為不希望這個議題的主導權被其他諸王，尤其是被黃之王掌握。」

春雪很快地說到這裡，就看到仁子連眨了幾次眼睛，接著她那對在光線照耀下像褐色又像綠色的大眼睛浮現出苦笑的神色：

「嘖，原來你們早看穿啦？真是一點都不可愛……」

她一邊咒罵，一邊讓背部深深埋進沙發，翹起苗條得驚人的腿，用赤腳腳尖鉤著拖鞋甩動。

看到她這樣，春雪微微放心，同時又歪著頭問說：

「咦，仁子以前見過Raker姊嗎？」

「沒有，剛剛還是我第一次直接跟她碰面，只是Pard跟我說過很多她的事。」

「她、她說了……什麼樣的事……？」

仁子聽了後得意地露出另有深意的笑容，反問說：

「你知道她『ＩＣＢＭ』的綽號怎麼來的嗎？」

「咦……不就只是拿飛彈來比喻她的推進器嗎……？」

「是這樣沒錯，可是沒這麼簡單。嚴格說來，這個綽號是來自以前的黑暗星雲在大規模領土戰裡偶爾會用的戰法。聽說他們會先故意讓敵方前線推進，分散敵方的戰力，再由Raker單獨或背著一名支援型角色直接飛到敵人後方的據點。畢竟後方通常都只會剩下裝甲薄得跟紙一樣的超遠距離型角色，自然會造成洲際彈道飛彈級的重大損害了。」

「……原、原來如此。」

明明講的是自己人，春雪卻聽得冒著冷汗連連點頭。接著仁子放鬆表情，口氣彷彿在談論自己的回憶：

「……你也知道，Pard的移動力高得跟鬼一樣。她說一旦受到這種飛彈戰法攻擊，她總是第一個趕回後方，跟Raker交手過很多次。受不了，就算我們兩個軍團停戰，Raker終究是敵對軍團的主力，可是當Pard知道她回歸第一線，竟然高興成那樣……Crow，你知道嗎？Pard明明是相當老資格的玩家，等級卻還只有6級，是因為……」

仁子說到這裡卻住了口，讓春雪不由自主地探出上半身，因為他之前也多次有過這個疑問。

「因、因為什麼……」

「——還是不告訴你，你以後自己去問她。」

仁子得意地一笑，說了聲那我不客氣了，從桌上端起杯子。

看樣子她渴得很，大口大口地喝著果汁，模樣裡已經看不出半點奇妙的虛脫感。春雪心想也許是自己的錯覺，回答說：

「我怎麼想都覺得她不會告訴我啊……不過沒關係啦，先不說這個了……那仁子，妳是為了會議上說的話，特地來這裡跟我道歉的嗎？」

「你怎麼說得一副嫌我煩的樣子。」

被她從杯緣上一瞪，春雪趕忙搖頭：

「沒、沒有，我怎麼可能嫌妳煩！只是從妳的作風來看，總覺得有點意外，啊，我不是這個意思，我一直覺得反而是我該跟妳道歉……」

一開了口就再也停不住，生硬地將本想以更正式的方式表達的念頭轉換成聲音：

「畢……畢竟當初我們千辛萬苦才在池袋破壞了『鎧甲』，卻因為我的不小心而讓它存活下來。仁子狠下心『處決』了上一個擁有鎧甲的『Cherry Rook』，我卻還在當超頻連線者……」

沒想到仁子卻是一臉認真，專心聽著講話不得要領的春雪說話。

但年輕的王隨即搖搖頭打斷春雪。接著放回杯子，再次深深坐進沙發翹起腿，平靜地說：

「不……我倒沒有因為這件事恨你。我之所以處決了Cherry，並不是因為他擁有『鎧甲』，而是因為他被鎧甲的支配力吞沒，看到超頻連線者就攻擊，不，應該說見人就吃。如果Cherry鎮得住鎧甲，控制得住自己，我反而會護著他，其他那些王講什麼我都不會去管……只是……」

仁子說到這裡，聲音不自然地減速。春雪眨眨眼，看了看她低垂的白皙臉龐。

這對現在呈現出深綠色的大眼睛，再次露出了在門外走廊曾經浮現出來的陰影，春雪這次才總算知道那是什麼表情。

是害怕，同時也是對害怕的自己所產生的怒氣，以及一點點的心灰意冷。春雪之前抱起膝蓋，認為自己完全無力解決問題的時候，應該也露出過同樣的表情。

「仁……仁子……」

他壓低聲音叫了這個名字一聲，少女一瞬間抬起視線，隨即在無力的微笑中再次低下頭去：

「……當時我可以保護Cherry，我有這個選擇，也有足夠的實力。這半年來我一直這麼相信，可是啊……」

從T恤袖子下伸出的雙手突然緊緊圈在一起。現在明明是悶熱的六月，她卻彷彿受到強烈的寒氣侵襲。

「……Crow，剛剛的會議上，你沒有感覺到嗎？」

「感、感覺到什麼？」

春雪戰戰兢兢地反問，仁子——第二代紅之王「不動要塞（Immortal Fortress）」Scarlet Rain，以破碎的聲音掙扎著說道：

「感覺到在場的『王』裡頭……混進了真正的怪物。那種資料壓……實在太離譜了啦……其實我啊，本來是打算說什麼也要保護你。因為我欠你一分人情……你幫我救了Cherry……今天的會議上，總算讓我爭取到了折衷方案，可是……如果那些傢伙強硬要求處決……我……」

看到仁子說到這裡住了口，在沙發上收起膝蓋，春雪好一會兒什麼話都說不出來。

他沒辦法立刻相信，不，應該說無法理解。他無法理解能有其他超頻連線者讓仁子稱之為怪物，甚至露出驚懼的表情。

對春雪來說，紅之王Scarlet Rain是絕對高高在上的存在。如果在相等條件下對戰，他肯定自己會百戰百敗。當她展開所有強化外裝時，那種媲美超重量級戰艦的遠距離火力，毫無疑問是整個加速世界裡威力最強大的攻擊手段之一，畢竟她只靠主砲的一擊，就轟掉了半座新宿都廳。

而且哪怕單靠只配備一把手槍的嬌小虛擬角色本體，仁子仍然有著深不可測的實力。在七王會議席上，春雪應該也有從紅之王身上感受到絲毫不遜於其他諸王的巨大壓力。

春雪頻頻搖頭，總算擠出沙啞的嗓音反駁：

「怎、怎麼會呢……當然在場的每個人對我來說都是遙不可及，可是我怎麼想都不覺得有哪個人能讓仁子說得這麼誇張。妳、妳想想看，妳跟她們同樣是9級玩家啊，『同等級下總潛力相等』，這不就是加速世界的大原則嗎……？」

紅髮少女聽了後，從小小的膝蓋上看了春雪一眼，在苦笑中緩緩搖頭說道：

「……這就表示不管什麼原則都有例外。你聽好了，9級就是BRAIN BURST實質上的等級上限了，畢竟不管賺了多少點數，都沒有辦法繼續升級。想升上10級只有一種方法，就是獵殺五個同樣9級的玩家……也就是要讓五個人喪失所有點數。換句話說……」

仁子再次放低目光，悄悄說道：

「……就是當一個人升上9級，旁人再也看不出這個人到底在加速世界裡過了多少時間，累積了多少經驗。我一直以為在這一點上不會輸給其他幾個王，以為自己在加速世界裡累積了夠多的實力，再也不會失去在現實世界裡曾經失去的東西。可是……我還太天真了。他們……『Originator』早就已經跨越了我還緊緊抓著不放的創傷。那種傢伙……不叫做怪物，還能叫什麼……」

「……O、Origi什麼……？」

春雪也只能茫然地複誦這個混在獨白之中的陌生字眼。但仁子對此什麼也沒回答，額頭終於碰在抱起的膝蓋上。

鴉雀無聲的客廳裡，只聽得見小小的空調運作聲。窗外多雲的天空鉛色徐徐加深，地面的環狀七號線上也開始有三三兩兩的車燈開始交錯流動。

仁子就讀的國小是全校住宿制，想來這時間應該已經快要趕不上門禁，但她卻一直坐著動也不動，連綁在頭部兩邊的頭髮都彷彿失去了一貫的氣勢，無力地垂了下來。

——現在我得說些什麼才行。春雪有了這種感覺，拚命尋找自己該說什麼。

仔細一想，從仁子的個性來看，實在不太可能會只為了想對會議中的發言道歉，就特地親自來到杉並。搞不好她瀏海下所隱藏的表情，根本不能讓紅之團的伙伴……甚至不能讓最親近的Pard小姐看到。

「……」

春雪根本想不到該說什麼才好，但還是深深吸一口氣想說些什麼。

但仁子卻忽然搶先抬頭，臉上已經有著燦爛得令人意想不到的滿面笑容。她動起嘴唇，發出聲調與先前大不相同的高音：

「突然講這些奇怪的話，不好意思啦，大哥哥！」

「……唔，哪、哪裡，這個。」

這讓春雪只能乾瞪眼。明知仁子這詭異的「天使模式」專門用來捉弄春雪或轉移話題，但身為獨子就是擺脫不了這種習性，一被她笑著叫聲大哥哥，他就無可避免地驚慌起來。

「剛剛那些你全都忘了吧！啊，我差不多該回去了！謝謝你的果汁！」

仁子連續發射每句話語尾都像帶著星屑特效似的可愛聲調，輕巧地從沙發椅跳下，就這麼小跑步穿過客廳。

這時春雪也總算壓下動搖的心情，朝她纖細的背影喊了聲：

「啊，仁子，等一下。妳……應該有別的話要跟我說吧……？」

結果嬌小的少女在門前忽然停下了腳步。流露出一瞬間的猶豫之後，忽然轉過身來，再次笑嘻嘻地開了口，但說出來的話卻令春雪意想不到：

「我說啊，春雪大哥哥，如果我們之中有一個……或是我們兩個都失去了BRAIN BURST，一定會把對方忘得乾乾淨淨吧？」

「咦……」

──「消除所有相關記憶」。春雪在兩個月前才知道喪失BRAIN BURST的人，都得接受這條最終規則的處置。就連黑雪公主，在當時也還只透過傳聞知道這件事，仁子是在什麼時候知道的呢？

她從下往上看著倒吸一口氣的春雪，突然伸直右手，伸出細得驚人的小指說：

「所以我們來約定，如果哪天在神經連結裝置的聯絡簿裡看到沒印象的名字，刪除紀錄之前要先寄一封郵件過去。這樣一來，搞不好，就能再一次……」

「……田，有田！喂，你有在聽嗎？」

突然被一個粗豪的嗓音叫到自己的名字，春雪立刻將心思從一天前的記憶拉回現實。

他拚命嚥下胸中一股直往上衝的刺痛，連吸了幾口氣，這才總算幫思考重新打好檔。

「有、有！」

春雪趕忙這麼回答，半出於反射性地站起，腳還撞得強化塑膠做的課桌椅乒乓作響。這時他才總算想起這裡不是自己家的客廳，而是二年C班的教室。

他戰戰兢兢地轉頭一看，發現講台上的導師菅野露出嚴肅的表情，周圍的學生們也被春雪誇張的動作逗得竊笑。

即使不敢說是〇%，但至少從這陣笑聲中，聽不出一年級時那種嘲弄的語氣。春雪在這個班上的地位仍然屬於最底層，但至少已經逐漸確立了「無害的小胖子」這樣的定位。他對這樣的定位當然沒有不滿，甚至覺得十分理想。

所以像現在這樣只因一些初步的失誤就招來無謂的矚目，原本是他極力想避免的狀況。要是只因為這麼點小事，惹得班上一些裝乖的壞小子想欺負他來抒解壓力，那可會讓春雪吃不完兜著走。

因此春雪露出搞笑失敗的人該有的緬靦笑容，就想坐回座位上。

但隨即感覺到周遭莫名地對自己投以期待的目光，讓他當場停住動作。同學們臉上的表情一模一樣，看來像是期待春雪會說些什麼。

——這、這種氣氛是怎麼回事？這種時候我該做什麼？難道該裝傻嗎？難不成我不小心引發了得用自爆式搞笑招式來逗大家笑的超高難度任務？

正當春雪在腦內高速思考，眼看就要冒出冷汗，沒想到菅野卻開了口：

「哦哦，有田，你起立的意思是要報名嗎？」

——報名？報什麼名？

由於之前根本沒在聽導師說什麼，讓他完全不知道事情原委。春雪被意料之外的事態嚇得

定格之餘，視線集中在老師背後，但虛擬黑板上什麼都沒寫。

——別慌，要思考。長班會上會徵求什麼人……對了，一定是要負責朗讀校方的通知文件，九成九是這樣。

春雪瞬間想到這裡，將視線拉回虛擬桌面，發現不知不覺間收件匣裡已經多了一封文件檔案。

他對肉聲朗讀很不拿手，但上國文或英文課時本來就要朗讀，而且唸稿子總比口述自己的想法簡單得多。這種狀況下與其說自己沒有要報名而搞冷場面，還不如冒失就冒失到底，乾脆接下朗讀的工作還比較保險。

春雪透過以上的思考決定行動選擇之後，抬起頭來接下菅野的視線，以清楚的嗓音回答：

「好、好的，我做！」

結果——全班突然湧起「喔喔」的感嘆聲，接著就是一陣如雷的掌聲。

「……現在是怎樣？」

這是什麼反應？只不過報名朗讀，怎麼會有這麼盛大的掌聲？

春雪再次全身僵硬，視線前方看到菅野連連點頭說道：

「有田，老師一直相信你這小子到了關鍵時刻就不會含糊！A班跟B班一定會搞到得抽籤決定，可是C班卻有人自願報名，老師真的很欣慰！」

春雪產生了一股非常不祥的預感，但還是點開未讀的檔案。

隨著一陣輕快的音效而開啟的文件上，以樸素的字型寫著：

【新設飼育委員會通知：二年級各班各指派一名代表，合計選出三名委員。】

「……飼、飼育委員？」

春雪的驚呼聲被還在持續的掌聲淹沒。

——飼育委員，也就是說要負責餵養小動物？

春雪一邊以低速想著這種擺明知道的事，一邊環顧四周，就看到千百合一臉受不了的模樣搖著頭，拓武也同樣一副拿他沒辦法的模樣苦笑。

「……我說小春你喔，就算你發呆已經不是新鮮事……」

放學後到社團活動開始前，有一段短短的空檔。

春雪無力地癱在自己桌上，兒時玩伴倉嶋千百合來到他身前，翻著白眼對他說：

「就算不清楚狀況，先打開學校發的通知檔來看不就好了！為什麼你老愛這樣只靠預測就亂衝啊！」

「算了算了，小千，小春這種會錯意特快車也不是現在才開始發車的。」

這個說法則是來自站在千百合身旁的黛拓武。儘管覺得拓武的話根本不是在幫腔，但春雪也無法反駁，只能從椅子上滑下，無力地回答：

「沒關係啦，我做就是了，不管是飼育委員還是什麼都行。」

「……如果是被人強迫，我還有辦法幫你說話。可是你這樣光明正大地報名，根本就沒辦法挽回了嘛。」

千百合重重嘆了口氣，忽然間表情一變，一對貓眼露出認真的神色，將她那戴著亮色大髮夾的頭湊過來說：

「不過說正經的，小春你有心思去做這種委員會活動嗎？畢竟你得在一個星期之內……」

後半句話是由同樣彎下腰的拓武低聲接了過去：

「……把那**玩意兒**給『淨化』掉，說什麼都得做到。」

——沒錯。

本週，也就是說從上個星期日的六月十七日，到下個星期日的二十三日，就是春雪——也就是Silver Crow的「緩刑期間」。

昨天的七王會議上，最終採納了兩項決議。

首先針對神祕組織——加速研究會的攻擊，是決定「繼續收集情報」。對此春雪內心大為憤慨，認為實在太姑息，但畢竟現階段他們連這個組織的全貌都不清楚，想反擊也無從反擊起，所以也是無可奈何。

而針對Silver Crow的Chrome Disaster化所下的決定，則嚴峻得足以抵銷這種姑息。

如果無法在包括今天在內的七天之內，完全解除災禍之鎧的寄生，五位王就會懸賞高額獎金來追殺春雪，而且還決定了一項制度，就是到時候將會根據每個人打贏Silver Crow的次數來分配作為獎金的超頻點數。

一旦演變成這種情形，春雪只要走出杉並區一步，就會瞬間被包括高等級玩家在內的大批超頻連線者挑戰，多半轉眼之間就會耗光點數。畢竟對方有「破壞鎧甲」的大義名分，就算以多欺少也不用猶豫。

當然他只要跟同樣是懸賞犯的黑雪公主看齊，龜縮在杉並區裡，那麼即使連上全球網路也可以拒絕對戰，但這樣一來就會無法獲得點數。對超頻連線者來說，停止升級的腳步等於是慢性死亡。

到頭來只要「諸王所下的抹殺指令」有著足夠的正當性，可說與宣判死刑沒什麼兩樣。黑雪公主能存活將近兩年之久，固然是靠著堅決切斷神經連結裝置與全球網路連線的鋼鐵意志，但「已經升上9級」這點也不容忽視。春雪當然沒有後者，而前者多半也是欠缺的。

「……一個星期啊……」

春雪這麼自言自語，低頭看看自己放在桌上的雙手。

不用特別去意識，也能想像出雙手覆蓋著亮麗白銀裝甲的模樣。Silver Crow是我隨時可以變成的另一個自己，要說我將再也無法變成那個模樣，說我將再也不是超頻連線者，總覺得不太能切身體認到這個危機。

不，會有這種感覺，也許是因為我人在現實世界裡？對我來說，所謂現實真的只存在於那個世界裡嗎……？如果真是這樣，那當我失去BRAIN BURST，又該何去何從呢……？

想到這裡的瞬間，春雪突然受到一股小小的惡寒侵襲而背脊一顫，耳裡又響起了那高而清澈的少女嗓音。

——我們來約定，如果哪天在神經連結裝置的聯絡簿裡看到沒印象的名字，刪除紀錄之前要先寄一封郵件過去。

仁子以照理說都是在演戲的天使模式說出那樣的話來，讓春雪搞不懂她到底有多認真。之後仁子強行用小指鉤上春雪的右手，接著就這麼大步跑回家去了。

他不可能忘記的。即使加速世界的相關記憶被消除，在現實世界培養過交情的人們是絕對不會忘的。心中這麼確信之餘，胸口卻又閃過尖銳的不安。萬一自己不知不覺間迷失，對現實世界不再覺得真實……萬一自己分配到「現實」這個標籤下的記憶，在不知不覺間掏空……

突然湧起的恐懼讓他用力握緊雙手，頭就要垂得更深，卻有一隻小小的手從旁伸了過來，輕輕包住春雪的左拳。

「不會有事的，小春。」

聽到這句溫暖的話，抬起頭來一看，就看到千百合一如往常的微笑。

「沒錯，所有事情一定很快就會解決了。」

跟她並肩站著的拓武也斬釘截鐵地這麼說，伸出握竹刀握得長繭的手，輕輕拍了拍春雪的右手。兩名兒時玩伴互相瞥了一眼，心意相通似的點點頭，又一起望向春雪：

「而且啊小春，我們已經討論過，做出了決定。即使一個星期過去，春雪變成懸賞犯，我跟小拓也會用同樣的速度供應小春足夠的點數讓你升級，所以小春你什麼都不用擔心。」

聽千百合輕聲說出這番話，春雪直盯著她的臉上。接著立刻從椅子上站起，用力搖頭。

儘管音量壓到最低，但春雪仍然以接近吶喊的聲調說：

「不……不可以！要是做出這種事，連你們都會變成懸賞犯！他們就是在等著抓住把柄，把我們所有人一網打盡。」

「喂喂，小春，我好歹資歷也比你深，暗中輸送點數的方法我知道的可多了。」

拓武推著眼鏡橫梁得意地一笑，視線隨即往右下方掃過，接著彷彿刻意不給春雪機會反駁，站起來說道：

「啊，差不多該去社團了。小春，要是飼育委員的活動太花時間，儘管跟我們說，在可以代班的範圍內我會幫你去。總之本週你要把軍團長擬定的『淨化計畫』放在第一優先。」

「……我知道，不好意思了，阿拓。」

春雪吞下很多想說的話，低頭對他道謝。

災禍之鎧淨化計畫。當七王會議中決定了對Silver Crow的處置之後，黑雪公主在憤慨之餘，還是擬定出了這個計畫。計畫內容就是要消滅Chrome Disaster的因子，據說是分成三個階段，但全貌還沒有告知春雪他們。春雪抬起頭來，說了句有一半以上是對自己說的話：

「雖然不清楚細節……不過現在也只能全力以赴了啊……」

「嗯，我們也會全力協助。那我們晚點見了。」

拓武又輕輕拍了一下春雪的右肘，接著轉身小跑步跑向劍道道場。千百合目送他的背影離開，再次很快地輕聲說道：

「我也要去社團了，不過有什麼問題別客氣，一定要跟我們說。我們是……呃……該說同伴……還是同志……也不對，呃……」

是一家人。對吧。

千百合彷彿聽見了春雪內心的這個聲音，沒有再說下去，接著露出一個大大的笑臉，就這麼舉起右手，快步跑向出口。

被獨自留下的春雪也背起書包，在內心深處喃喃自語。

現實、虛擬，這些都不是本質上的問題。我跟阿拓，我跟小百，我跟學姊還有Raker姊，還有仁子，Pard小姐，還有很多其他人，把我們綁在一起的東西隨時都在「這裡」——在我的心中。

站在有田春雪——同時也是Silver Crow的立場，我要保護這些。我不想失去這些。

春雪朝時鐘一看，離檔案上指定的集合時間只剩五分鐘，在趕往一樓樓梯口的同時，他再次下定決心。

這一個星期的緩刑期間，是黑雪公主與仁子從主張立刻處決的黃之王與紫之王手下拚命爭取來的，絕對不能平白浪費。雖然不小心報名參加了本來沒打算參加的委員會活動，但就連這些活動之中，應該也可以得到啟發。現在自己唯一能做的，就是對每一件事都拚命去做。

「好！」

春雪小聲這麼呼喊，走到室外一看，不知不覺間雨已經停了。

4

私立梅鄉國中位於東京都杉並區東側，座落在離青梅大道與五日市大道還算近的一角。

三個年級各有三班，規模算小，校地面積卻頗為寬廣。設有三百公尺跑道的運動場北方有著第一校舍，是一棟東西向延伸的三層樓建築，而校舍中央部分則與往北延伸的運動校舍連接，再過去則蓋有同樣東西向延伸的第二校舍。也就是說，三棟校舍排成了一個「工」字形。

各學年的教室與學生餐廳都集中在新蓋的第一校舍，略顯老舊的第二校舍則在一樓部分設有教職員辦公室、校長室、訓導室等處所，二三樓則是倉庫與如今已經幾乎沒有在用的各種專門教室。也因此，這些地方幾乎完全沒有學生會來，所以春雪一年級時才會拿第二校舍三樓的男生廁所來當「避難所」。

但校內還有一個地方比這裡更沒有學生會來，而且甚至不會有人意識到有這個地方存在，那就是比第二校舍更北邊，一處被水泥牆與高聳的學校圍牆包夾的細長空間。

春雪成了新設的飼育委員會成員之後要去集合的地方，就位於要穿過這狹長夾縫才能去到的西北角落，是全梅鄉國中角落之中的角落。

「……原來學校裡有這樣的地方啊……」

春雪看著眼前這棟建築物喃喃自語。

小到不太能算是建築物，地板頂多只有四公尺見方，高度則是兩公尺半。左右與後面的牆壁是用這年頭少見的天然木板搭成，屋頂多半是板岩材質。

而前方則全由孔徑三公分左右的鐵絲網構成，說穿了就是籠子。當然這裡不是用來關做了壞事的學生，而是用來飼養動物的小木屋。

但即使春雪把臉湊近鐵絲網凝神觀看，仍然沒在飼育屋裡看到任何動物，反倒看到裡面堆著厚厚一層從鐵絲網空隙飄進的落葉。落葉底下肯定有著一大堆微生物，但飼育委員的工作總不可能是要餵養這些微生物吧。

「飼育委員有了，飼育屋也有了，卻沒有要養的動物啊……」

春雪納悶地自言自語。即使說動物是之後才要送來，還是讓人搞不懂為什麼會挑這種時期送來。

就在這時，背後傳來不只一個踩著樹葉前來的腳步聲。春雪全身一顫，回頭望去，看見兩名學生從前庭方向走近。這兩人一男一女，領帶與緞帶的顏色都跟春雪一樣是藍色，但面孔卻很陌生，想來應該是別班的。也就是說，他們肯定就是跟春雪一樣被任命為飼育委員的同僚。

春雪打算先打個招呼再說，正要踏上一步，剛來的男生卻以大音量喊說：

「嗯嗯嗯，搞什麼，這也太髒了吧！葉子積超多的！」

接著女生則表達了充滿感情的意見：

「想到就沒力～叫人掃這種地方做什麼，莫名其妙。真的想到就沒力～」

從口氣聽來，他們兩人應該不是主動報名，而是抽籤抽到的。當然春雪自己也差不了多少，畢竟他也是出於衝過頭跟誤會才起立的。

無論事情原委如何，既然走到這一步，眼前也只能先跟這兩人打好關係，做好委員會的工作。春雪深深吸一口氣，但說話的聲音卻十分中氣不足：

「我說……至少先決定一下各人負責什麼職位吧。」

根據受命擔任委員之後收到的文件所寫，本日的活動內容有兩項，一是選出委員長，二是打掃這間小木屋。必須完成這兩項任務，並將所有委員簽章的日誌檔案提報到校內系統伺服器，否則就不能回家。

看看小木屋的慘狀就知道打掃將會相當辛苦，所以希望至少在職位的分擔上可以快點結束。春雪抱著淡淡的期待，希望這兩人之中能有一人主動說要做，就這麼等了幾秒鐘。參加委員會活動可以在成績資料上加分，對考高中也有影響，所以也不是所有學生都完全不想積極爭取各種委員會的履歷。

——話是這麼說，但光是沒有人主動報名，就知道在場的每個人都沒打算爭取這種加分。確定過了五秒之後兩人還是沒開口，春雪才怯懦地笑著說：

「……那委員長可以由我來當嗎？」

連這種時候都不敢說「我來幫你們當」，讓春雪覺得真是受夠了自己。他等著兩人反應，結果看起來沒參加社團的黑皮膚男生以及頭髮燙成內捲的女生都顯然露出鬆了一口氣的表情，同時點點頭說：

「好啊」「就麻煩你囉～」

三人同時伸出手指在虛擬桌面上滑過，打開新出現的委員會活動分頁，在職位欄填上春雪的名字後按下確定鍵。這樣一來，春雪在校內網路上也將登記為飼育委員長。

春雪順便查看另外兩人的名字，看到男生姓濱島，女生姓井關。由於只有三名委員，校方沒有要求他們決定副委員長以下職位的人選。

——早知道會這樣，學期開始的時候就應該報名去當圖書委員才對。

春雪心有戚戚焉地這麼想，同時右手一揮，揮開了視窗。不管怎麼說，這樣就完成了一件工作。但真正的問題是在另一件工作，也就是打掃小木屋。

仔細看看小木屋，就能發現牆板上的頑垢固然不好清理，但最難纏的還是堆積在地上的落葉。這厚達五公分以上的落葉，沒有工具實在無從掃起。照文件上的說法，校方已經事先許可他們使用中庭打掃用具間裡的物品。

「那，首先需要竹掃把跟畚箕……我去拿，你們等一下。」

春雪小聲說到這裡，小跑步跑向在第二校舍另一頭的中庭。他心中忍不住會想，至少不像一年級幫人跑腿去買麵包時那樣，還會被人說「趕快狂奔啊，狂奔！」

實際開始打掃之後，發現清掃小木屋的任務遠比想像中更加艱鉅。

如果堆積的落葉是乾的，也許還能用掃把三兩下就掃出來，但不巧現在正值梅雨季。而且這些落葉似乎是長年來慢慢累積而成，下層幾乎已經成了腐土，牢牢貼在地上。只憑老舊的竹掃把——當然不是天然材質，而是做成狀似竹子的硬塑膠纖維——只能在表層留下刮痕，根本應付不了已經黏牢的部分。

但他們仍然奮鬥了二十分鐘左右，女生井關終於叫苦了：

「啊～好沒力喔～手跟腰都好痛喔～」

「嘿嘿，像個老太婆似的～」

被男生濱島這麼一嗆，井關立刻以高壓的眼神瞪了他一眼。如果被瞪的人是春雪，想必已經當場石化。

「我生氣了，而且你從剛剛就一直只在同一個地方隨便掃掃嘛。」

被井關以接近爆發的語氣這麼逼問，這次換濱島啐了一聲：

「啐，少囉唆。我才要說妳咧，妳難道就不是只把我們掃出去的葉子隨便往外撥？不要給我摸魚。」

「啥？你莫名其妙。哪有人這樣說話的？」

兩名同僚之間你來我往，氣氛越來越險惡，讓春雪高速揮動竹掃把之餘，不禁全身冒出冷汗。明知應該要在他們認真吵起來以前設法打圓場，但別說開口，他甚至不敢抬起頭來。

——不對，先不管過程怎麼說，我可是主動報名當上飼育委員，還主動爭取到了委員長的職位。這種時候我得好好說說他們兩個，這才是我的責任啊。

「……我、我說啊！」

春雪全身充滿決心地發出聲音，劍拔弩張地井關與濱島不約而同地將視線轉到他身上。

「……我、我說呢……」

春雪深深吸一口氣，丹田使勁，堅決地開了口：

「……看這樣子，反正都不可能在放學時間前掃完……這個，你們只要在日誌上簽章，就可以先回去了……我留下來做做樣子就好……」

一分鐘後。

兩名同僚留下純真的笑容與感謝後高速脫離現場，春雪獨自被留在狹窄的後院裡深深嘆息。

坦白說——

他不敢說自己自己連一毫克的期待都沒有。先前他多少還是期待著其他兩名委員會是喜歡動物的善良少女，讓委員會的活動變得出人意料之外的溫馨。但仔細一想，如果有這樣的學生存在，飼育委員會早就該成立了，所以現在的狀況非常符合邏輯。不，最壞的情形下，春雪以外的兩名委員甚至有可能是一年級時狠狠罷凌他的不良少年。這麼一想，就覺得反而應該對眼前的幸運心存感謝。

春雪就這麼安慰自己，同時再次看著小木屋。

積在地上的落葉還掃不到一半，視野右下方的時鐘已經顯示下午四點十五分。強制離校時間是六點，所以說來還算有時間，但只憑一把竹掃把，就想應付幾乎已完全化為土壤的黑色落葉層，顯然是白費工夫。當然這個推論的前提是真心想把這間小木屋打掃乾淨。

「……算了，也不必趕著一天掃完吧。反正也沒有動物在……」

春雪這麼喃喃自語，將右手的掃把丟向地面。接著只要挑些遊戲軟體來消磨時間，撐到放學時刻，裝成努力打掃過但是掃不完的樣子，明天再繼續掃就好了。春雪腦海浮出這個念頭，正要癱坐到在外牆底下的石階之際……

——學姊她也……

腦中閃過這個念頭，讓春雪停下動作。

黑雪公主她想必也還沒回家，而是在離這裡很遠的學生會室裡，專心處理近在月底的校慶相關工作。不只是她，千百合跟拓武也不例外，他們多半也各自在運動場跟劍道道場上，拚命地動著身體。

「……大家每天放學以後，都在做這種事喔……」

春雪流露出沙啞的嘆息，仔細看著自己弄髒的雙手。即使在這裡拚命努力，也不會得到任何人的稱讚，更拿不到實質的獎勵，那麼到底為什麼要做課外活動呢？

黑雪公主以前說過她之所以參加學生會，是因為身為超頻連線者，想掌握校內網路，但春雪覺得應該不只是這樣。沒錯，無論是黑雪公主、拓武還是千百合，都一直想對自己證明些什麼，然而春雪卻連短短幾十分鐘前才做出凡事都要盡力去做的決心，都差點拋諸腦後。

「……我這個人實在是……」

春雪呼出一口氣，彎下腰撿起地面上的竹掃把。

春雪掃了五分鐘左右，將掃得掉的落葉都從小木屋裡掃掉，接著停下手邊的工作思索了一會兒。

思考如何提昇效率並不等於偷懶。要在放學時刻來臨前處理完腐土層，就必須有更合適的工具與手段。想來最好的方法就是用大量的水去沖洗，但手邊找得到的水源，就只有小木屋旁一個狀似用以提供動物飲用水的水龍頭。

試著扭開水龍頭一看，果然只有留下涓涓細流，看來連要放滿一桶水都得花上相當長的時間。絞盡腦汁想了一會兒，這才總算想起委員長在校內網路上的權限比一般學生要高。

春雪從虛擬桌面上叫出校內地圖，先從管線圖面上叫出水管分佈圖，重疊顯示在地圖上。雖然只有一條極細的水藍色線條延伸到小木屋，但不遠處的地面下則埋設有更粗的水管與分接頭。春雪點選這個位置，仔細察看周遭，就看到有個箭頭以擴增實境顯示出來，指向距離三公尺左右的校舍旁。

「管線在那邊……那……」

春雪自言自語地清除掉地圖上的管線圖，這次改從學校各式用品清單上選擇長度五公尺以上的水管，將位置資訊重疊在地圖上。接著圖面上顯示近在眼前的第二校舍一樓男生廁所打掃用具櫃裡，就有一條可以用。春雪點選光點，從跳出的視窗申請使用許可。正常情形下，學生根本不准去碰存取權限範圍以外的用品，但短短一秒鐘後，系統回覆顯示已經准許，讓春雪忍不住叫出聲來：

「哦哦……不愧是委員長。剩下就是……」

他一邊說著一邊再次捲動用品清單，挑選大型鐘子，發現就放在中庭用品間裡，所以本來就可以拿來用。最後再搜尋地板刷，在前庭的用品間裡發現刷地磚用的刷子，於是申請許可。

「這樣就搞定了。好，那就再努力一下ish！」

要是讓某人聽到春雪這句話，一定會說Nothing學本大爺說話，但眼前春雪還是先跑向前庭再說。

拿著接上分接頭的水管，噴出高壓水流來攻擊堆積在小木屋上的落葉，這樣的作業意外地好玩，讓春雪忍不住想著：「不知道紅色系的遠程攻擊用起來是不是這種感覺？」

但管理嚴格的校內網路終究沒有准許他無限用水，眼看允許用量條在視野角落不斷減少。春雪認真瞄準，接二連接沖掉黏住地板的部分。考慮到最後要用地板刷刷洗，現在還不能用完水量，於是春雪在水量剩下兩成左右時關掉了水栓。

小木屋的地面鋪著一層被大量的水溶解得泥濘不堪的陳年落葉，狀況看起來比開始打掃之前更加惡化。春雪一瞬間閃過後悔的念頭，但隨即下定決心，將手上的水管換成鏟子，踏進了小木屋。

所幸他為了因應梅雨，穿了防水材質的高筒球鞋來學校，讓泥水不至於泡進鞋子裡。當然回家以後還是得好好刷洗一番，但以後的事留到以後再想就好了。

「嘿……咻！」

春雪喊了一聲，將鏟子插向泥土，結果鏟子幾乎沒有遇到任何阻力就直達地板，就這麼一路刮過地板，削下了一大片黑色的汙泥。儘管重量讓他腳步不穩，但仍然舉著鏟子上的汙泥往外扔。

儘管面積只有二十公分×四十公分，但地板終於露出本來面目，讓春雪直盯著那兒看。

總覺得全身籠罩在一種不可思議的感覺裡。這不太像解決難纏的家庭作業時的那種感覺，跟好不容易打倒之前一直打輸的頭目時也不太一樣，只覺得手上傳回一股紮實的感覺。春雪不由得雙眼泛出淚光，接著才趕忙搖頭。現在就要享受成就感也未免太早了點。

他重新握好鏟子，又挖掉一鏟汙泥。再一鏟。踏上一步。再一鏟。

只是這麼幾下，肩膀跟腰都痛了起來，但春雪仍然像是受到驅使似的不斷進行作業。儘管感覺得出每一鏟都在消耗體力，但同時也學習到鏟子的用法與扭腰的訣竅，讓效率漸漸提升。

春雪專心進行著這種單調的作業，剷著剷著忽然覺得記憶的角落頻頻受到小小的刺激，覺得以前似乎也在哪裡做過類似的事。然而他從小時候起就連泥土都幾乎完全沒有碰過，而且家裡的打掃也全都交給由母親簽約，每週會來一次的家管服務業者。

春雪連背部的疼痛也拋諸腦後，拚命地翻挖記憶，花了五分鐘左右才總算發現答案。

那不是現實世界當中的回憶，而是在加速世界，而且還是在高階的「無限制中立空間」裡發生的。

兩個月前，春雪被剛認識的Sky Raker從東京鐵塔遺址的頂端推下來，為了空手爬上三百公尺的峭壁，於是一心一意地進行單調的修行。他將劍的形象附在雙手上，對鋼鐵般堅硬的牆壁刺了幾千幾萬次。就在那一瞬間，他站上了通往BRAIN BURST中登峰造極的力量——「心念系統」的入口……

「……？」

忽然間……

春雪忽然覺得自己的思考有那麼短短一瞬間，接近了某種非常重要的概念，於是皺起眉頭思索。

身體一鏟又一鏟地動著鏟子之餘，腦子拚命想抓住思考的尾巴。

心念系統。那是一種透過堅定的想像之力去影響加速世界的定律，藉此覆寫現象的運作邏輯。

威力只有無與倫比四字可以形容。精通此道者可以超越遊戲規則的限制，甚至劈開大地，撕裂天空。這當然是現實世界當中不可能存在的超常能力。

——可是……

可是最根本的部分……原因帶來結果的這種單純運作機制，搞不好其實……

鏟子鏘一聲撞上牆壁，震得春雪雙手一麻。

「好痛……！」

春雪趕忙對手掌連連吹氣，等痛楚淡去之後抬起頭來。

不知不覺間，之前積得那麼厚的大團陳年落葉，已經幾乎完全從小木屋中消失，取而代之的是鐵絲網外出現的一座小山，讓春雪遲遲難以相信那是自己只靠一把鏟子所挖出來的。

「……還真是有志者事竟成啊！」

春雪將不久前還有的消極念頭拋到九霄雲外，喊出這麼一句話，大大伸了個懶腰。儘管擠得僵硬的背部發出哀嚎，但就連這種痛楚都讓他覺得痛快。如果就這麼躺下去，想必十分舒服，但在此之前還得先把作業告一段落。地板上還留著一些剷不乾淨的落葉跟泥土。

春雪從小木屋裡走出，將右手的武器從鏟子換成地板刷，左手更拿起水管。接下來只要一邊灑水一邊用刷子刷，應該就可以刷得相當乾淨。儘管時間已經超過下午五點，但由於夏至已近，天色還十分亮，要在強制離校時刻的六點以前掃完，應該並不困難。

春雪意氣風發地就要走回小木屋，忽然發現了一件事。

要開關水管的水流，就得跑去分接頭操作，但如果每次要開關水流，都得回到離那麼遠的分接頭去，可說缺乏效率到了極點。但要是讓水流個不停，三兩下就會用完系統允許的水量。

「……嗯……」

春雪交互看著小木屋跟分接頭拚命思考，但這次他實在想不出明智的解決之道。儘管心下抱怨既然要監控水的流量，怎麼不乾脆讓人可以遙控分接頭的開關，但現在才說這些都太遲了。

既然如此，就算會很花時間，也只能在小木屋跟分接頭之間來來去去了啊……春雪做好心理準備，踩著沉重的腳步正要走向門口。

他繞過落葉與腐土堆成的小山前進了幾步，就在這時——

春雪的視野正中央開始閃爍一個黃色的電訊圖示。接著下方顯示出一串字樣：【AD HOC CONNECTION REQUEST】。

所謂AD HOC CONNECTION（無線連線），是一種能讓多具神經連結裝置不透過伺服器，直接以無線電波相互連線的功能。然而這種功能在校內幾乎完全沒有人在用，畢竟在連線速度與安全性方面都不如有線直連，而且只要登入校內網路，根本用不到這樣的功能。

春雪左右張望，想找出是誰做出這樣的要求，最後回過頭去朝正後方看了一眼。

他好一陣子反應不過來。

一個小孩子正看著春雪。到這裡沒什麼問題。這孩子是個女生，這也不至於是什麼不可思議的事。

但春雪從來沒見過她，而且她很顯然不是這間學校的學生，甚至怎麼看都不是中學生。更誇張的是，她從上到下都穿著純白的體育服裝。遇到這樣的情形，也難怪春雪會開始懷疑自己的眼睛或大腦功能失調。

春雪高速連連眨眼又頻頻搖頭，但眼前的女生還是沒有消失，無可奈何之下，只好舉起握著地板刷的右手，伸出手指去點無線連線的圖示。

這一來電波符號與字串立刻消失，出現一個稍大的視窗與閃爍的游標。這是透過文字而非語音來交談的聊天視窗。

這名少女的年紀顯然比仁子還小，看來頂多十歲左右。她一確定與春雪的神經連結裝置建立連線，就迅速舉起雙手，十根又小又細的手指慢慢張開，停在空中。春雪剛看出這是打投影鍵盤的起始姿勢，下一瞬間——

每一根手指都以快得留下殘影的速度閃動，緊接著春雪視野中的聊天視窗裡流出一連串發出櫻花色光芒的字串。

【UI＞初次見面，你好。你是梅鄉國中飼育委員會的人吧？我叫做四埜宮謠，就讀松乃木學園國小部四年級。這次非常感謝貴校答應我們唐突的請求，很抱歉給各位添了這麼多麻煩。雖然來得晚了點，不過我也來幫忙打掃。】

「……？」

春雪受到巨大的衝擊，當場看傻了眼，但讓他看傻眼的不是文章內容。

——好快！

她的打字技術確實驚人。輸入這麼多文字，卻只花了短短四秒。如果不是親眼看到她打字，想必會覺得她是用剪貼的方式貼出事先寫好的文章。

春雪內心一直自負自己的打字速度是梅鄉國中第一，不，應該是只比黑雪公主略遜一籌的第二名。至少在資訊處理的課程中接受打字速度模擬檢定時，在班上是遙遙領先的第一名——只是這完全不會為他贏來尊敬，關於這點就是春雪的人望問題了。

但眼前這個小女生的運指卻顯然比春雪快了一倍以上，讓他忍不住直盯著看，心想要怎麼練習才能練出這樣的技術。

這名自稱四埜宮的少女，怎麼看都不像是個電腦技能的高手。

就算在小學四年級裡頭，她的個子應該也算小。從短袖運動上衣與五分褲下露出的手腳細得令人擔心，臉蛋則是標準的日本人特徵，單眼皮的眼睛、鼻子與嘴巴線條極為清爽，簡直像是木雕高手一口氣雕完的造型。漆黑的瀏海在比眉毛稍低的地方切齊，後面的頭髮則綁在較高的位置。背上背著款式洗練的咖啡色皮書包，左手則提著有點大的運動提包。

她的模樣充滿了清涼感，幾乎讓人光看就忘了梅雨季節的悶熱。春雪呆呆地望著她看了好一會兒，這才留意到對方詢問似的眼神。沒錯，從對方打了招呼以來，他還沒有做出任何回應。

春雪本打算先說聲妳好再說，但轉念一想又覺得自己似乎也應該用打字方式回應，趕忙叫出投影鍵盤準備回答，但他手上還握著地板刷與水管，於是趕緊將這些用具放到地面上。才要舉起雙手，視窗裡又再度跑出文字。

【ＵＩ＞你直接用講的就可以了。】

「啊……這、這樣啊……」

春雪的手還舉在半空中，說出來的第一句話未免有點尷尬。

總覺得一切都讓人搞不清楚。為什麼這名少女要用打字方式說話？她剛剛提到的「唐突的請求」又是怎麼回事？真要追究起來，為什麼其他學校的學生，而且還是國小生，會在這種地方登場呢？勉強可以推測出來的一點，就是聊天視窗發言前面加上的【ＵＩ＞】字樣，多半是從她名字羅馬拼音的ＵＴＡＩ簡略成只剩頭尾兩個字母的ＵＩ。

春雪一邊用不知道該往哪兒擺才好的右手搔了搔後腦杓，一邊直接說出腦子裡一團亂的想法：

「啊，呃……初，初次見面，我叫有田春雪……就讀梅鄉國中二年級，算是飼育委員長……不過我其實是今天才開始當的……」

結果對方立刻高速打出了一段文字：

【ＵＩ＞是，我知道這裡的飼育委員會是今天才設立的。】

「咦，這、這樣啊？妳為什麼會知道？而且……妳怎麼還特地跑來這間學校幫忙……？」

【ＵＩ＞因為追根究柢，就是松乃木學園國小部請求貴校協助，貴校才會成立飼育委員會的。】

「咦咦，是、是這樣喔？」

春雪大吃一驚，國小女生則始終保持冷靜，以越打越順的鍵盤指法，將事情原委做了簡明易懂的說明。

梅鄉國中是位於東京都杉並區內的私立學校，算得上是走升學路線的學校。但經營這間學校的團體並不是學校法人，而是總公司座落於新宿的教育企業。這間企業除了梅鄉國中之外，在杉並區裡還經營了另一間從國小到高中施行一貫教育的女校，那就是四埜宮謠就讀的松乃木學園。

雖說梅鄉國中也有著將近三十年的歷史，但比起松乃木學園就差得遠了，他們創校至今已經九十五年。換句話說，那是一間「千金小姐讀的貴族學校」。但這間學校也逃不過全國生育率低落的浪潮，十年前因經營面臨困境，才會被現在這間企業併購。之後在學校的經營上進行了多方面的合理化改革，但缺乏釜底抽薪的措施，今年夏天企業方面終於決定要變賣部分校地，以獲得的利潤來新蓋一棟國小部與國中部共用的校舍。

由於學校歷史悠久，家長方面自然表示反對，但經營學校的母體終究是營利性質的股份公司，無法推翻這項決定，是以國小部現在所用的校舍已經決定要在第一學期結束後拆除。

話又說回來，大部分學生其實對改建十分歡迎，因為在同企業旗下梅鄉國中經營出來的高規格虛擬實境校內網路等最尖端電子化教育環境，都將在新校舍中獲得採用。但由於學校的土地面積縮減，有許多設備都無法轉移到新校舍，悄悄佇立在松乃木學園國小部一角的老舊飼育屋就是其中之一。

【ＵＩ＞我當然已經對老師，也對經營學校的公司抗議過。飼育委員會底下不但有著參加的學生，更有著飼養的動物。學生或許只要轉移到其他委員會就好，但那些動物就沒有這麼簡單了。可是不管抗議幾次，公司都只說：「關於飼養的動物，我們會依據法令採取適當的方式處理」，說穿了就是要宰殺。】

看著打得十分平淡的文字看到這裡，春雪反射性地大喊：「哪有這樣的！」

就算營利是股票上市公司的使命，但只因為沒有地方安置就要宰殺動物，也未免太殘忍了。真不知道長年照顧這些動物的小朋友們會受到多大的打擊。與其做出這種事，還不如——還不如……

春雪憤慨的思緒在這裡撞上了一堵厚實的牆壁，只能原地空轉。

光是會為了降低成本而縮小學校校地，就已經可以想像到經營方面已經遇到困境，很難新蓋一間飼育屋。儘管會覺得說只要請學生收養就好，但如果沒有相當程度的熱情與合適的環境，實在不可能飼養動物。更別說要野放到郊外的荒山，那根本是犯罪行為。

看到春雪咬著嘴唇不說話，名字有點古風的謠露出了有些傷腦筋的表情。她再次動起手指，高速打出一串文字：

【ＵＩ＞不用擔心，目前還沒有動物實際遭到宰殺。】

「咦，這……這樣啊，那太好了……」

春雪不由得鬆了口氣，謠的手指彷彿跳舞似的繼續解說：

【ＵＩ＞以前養的七隻小雞已經請狹山地方一家在庭院放養雞的農家領養，兩隻兔子也在區內找到了值得信賴的飼主。只是……最後有隻動物有些問題，沒辦法找人領養，所以留到了最後。】

「不是找不到人領養……而是，沒辦法找人領養……？」

謠點了點頭，白色絲帶綁住的頭髮在肩膀上搖曳。由於髮尾剪得非常整齊，看起來不太像馬尾，反而像是古裝劇裡會出現的武士家女兒。

這名小學生那同樣有著純日式風格的臉上一瞬間露出思量的表情，然後手指才劃過投影鍵盤。這奇妙的談話已經開始好一陣子了，但到目前為止她一個字都沒打錯，而且遣詞用字也非常成熟。

【ＵＩ＞牠的情形有點複雜，得由我餵才肯吃東西。我也曾經交給其他飼育委員來餵，想讓牠習慣其他人，但牠卻什麼東西都不吃，造成體重遽減……詳細情形我會在明天帶牠來的時

候再說明一次，總之就是因為有這樣的情形，也就造成必須在我可以每天往返的距離圈內找出新的地方來飼養。】

「原……原來如此……」

春雪總算慢慢搞懂情形，用比謠打字生澀三倍的嗓音說：

「然後姊妹校梅鄉國中裡就有一間沒在用的飼育屋，所以就由我們提供地方。然後我們這邊也設立飼育委員會，可是主要的工作不是飼養而是打掃，所以才只有三個人……一切就是這麼回事啊？」

【UI＞就是這麼回事，很抱歉給你們添麻煩了。】

「哪、哪裡，別這麼說……不過還真虧我們學校會乖乖答應啊。說自己學校壞話好像不太對，不過我們這邊的管理部可相當不好說話……可以說只要是能不做的工作，他們就完全不會去做……」

雖說是姊妹校，但既然校方會這麼親切地去照顧其他學校飼養的動物，我一年級遭人罷凌的時候怎麼都不關心一下？春雪在腦子裡發著這些說不出口的牢騷，結果謠彷彿連他這種心思也都看穿了似的說，不，應該說是寫道：

【UI＞對不起，其實這點也另有內情……我認識貴校學生會的人，所以才能請貴校行這個方便。】

「啊，是這樣啊。」

春雪這才想通。以前就聽說過松乃木學園國小部的學生之中，大部分都會一路直升國中部、高中部，但父母對應考比較熱心的學生，也可能考慮進入梅鄉國中就讀。既然如此，這間學校裡有謠認識的人也不稀奇。

聽完，不，應該說看完這些說明，春雪這才總算理解自己為什麼會突然當上飼育委員。最重要的原因在於姊妹校松乃木學園的飼育委員會遭到廢除，理由是要讓經營合理化，而這又是因為日本生育率只降不升的情形，說穿了也就是「要怪就去怪這個社會」。當然之所以會當上飼育委員長，而且還一個人留下來打掃，就得怪春雪自己了。

「這樣啊……四埜宮同學真了不起。為了無家可歸的動物，不但跟企業抗議、找人領養，還像這樣跑來其他學校。我小四的時候，每天腦子裡都只想著電玩、漫畫、動畫還有點心呢……」

春雪感觸良多地這麼自言自語，就看到謠一臉認真的表情連連搖頭，將書包從背上解下的同時，還靈活地敲著鍵盤：

【UI＞電玩我也有在玩的……那麼既然有田學長已經清楚事情原委，我想幫忙打掃小木屋……】

「啊，對、對喔。」

春雪這才想起委員會活動尚未結束，趕忙從角邊撿起水管與地板刷。

先前獨自打掃的時候他根本搞不清楚目的，但聽完了這種種情形，何況還知道確實有動物要搬過來，打掃起來自然得更加賣力。春雪下定決心要好好打掃，目光轉往離自己有段距離的小木屋。

只要將附著在地板上的落葉與泥土殘渣沖乾淨，打掃作業就宣告結束，但正巧春雪正煩惱著該怎麼去開閉水管的分接頭。在這種時機正好有幫手出現，實在是求之不得。

「那可以請妳幫忙開閉那邊的分接頭嗎？」

春雪指了指水管的另一頭，就看到謠困惑地歪了歪頭：

【UI＞只做這點工作就好嗎？其實我換上體育服裝，就是想說這樣不怕弄髒。】

才剛看完這段文字，春雪又忍不住凝視謠的打扮，看著她那胸前繡著校徽的純白短袖上衣，以及裹住她苗條雙腳的純白五分褲，接著趕忙撇開目光。

梅鄉國中的體育服裝除了褲子是深藍色以外，款式幾乎跟謠的體育服裝一模一樣，而且每天都有女生在學校裡穿著這樣的服裝，照理說春雪應該早已看慣，但一想到對方是松乃木的千金小姐，就覺得有種不該看的感覺——要是千百合知道自己有這樣的念頭，肯定會雙眼連射超火力光束。

「嗯、嗯，因為只要再把地板刷一刷就結束了！那等我說好的時候，就請妳把分接頭扭開四分之三圈左右！」

春雪以有點破音的嗓音這麼說完後，踩著笨重的腳步衝進小木屋，拿好水管與地板刷準備從裡往外沖洗，接著又喊了一聲：

「請、請開。」

【ＵＩ＞我要開了。】

瞬間傳來這句文字的回答，緊接著水管前端噴出不算太急的水流。春雪一邊留意視野角落的剩餘水量表，一邊紮實地噴濕約一公尺見方的面積，接著指示說：「關水！」這次沒看到她回答，只聽得背後傳來分接頭扭動的聲響。

春雪拿著地板刷用力刷洗，附著在地上的落葉與汙泥三兩下就被刷掉，露出了構成地板的陶瓷地磚。所幸地磚的防水防髒汙塗層似乎上得很紮實，儘管長年被濕潤的落葉覆蓋，卻沒有看到凹陷或裂痕。照這樣看來，只要晾個一天，應該就可以恢復原本的面貌。

春雪俐落地反覆進行噴水與刷洗的作業。如果得自己控制開關，作業效率想必會大幅下降，況且知道有一樣認真的人一起工作，更是讓人莫名地起勁。先前跟以全身表達嫌麻煩心情的濱島＆井關一起打掃時，明明還那麼沒精打采。

「……好！接下來就只剩最後一道手續了……」

二十分鐘後，春雪刷完整面地板，大大伸了個懶腰這麼說道。接著回過頭去，對蹲在分接頭處的四埜宮謠說：

「那最後我要沖洗地板，把開關開到最大！」

謠聽了後沒有點頭，而是雙手在空中拍了幾下。視野上出現的粉紅色文字顯得有些試探性的客氣：

【UI＞這個，如果不會妨礙你，可不可以也讓我幫點忙？我想同時沖水跟刷洗應該會比較有效率，而且我也想享受一下有做事的感覺……】

「不，怎麼這麼說，妳已經幫我很多忙了……不過既然四埜宮同學這麼堅持……」

春雪呑呑吐吐地這麼回答，接著朝她舉起右手的地板刷。謠露出幾分高興的表情，右手按在開關上，靈活地只用左手打字：

【UI＞那我要開了。】

「請！」

分接頭應聲開啟，一股強烈的鼓動從水管往前延伸，謠則追著水管內部的水拚命跑向春雪。

高壓水流猛然噴出幾秒鐘後，少女衝進了小木屋，從春雪手中接過地板刷，一心一意地將地板上滿出來的水往鐵絲網外推。春雪配合她的動作調整呼吸，以雙手按住翻騰扭動的水管，從小木屋裡頭往外沖。眼看先前剩下兩成左右的水量表迅速朝零接近，但每當地板刷俐落地刷過，地上的陶瓷地磚也恢復漂亮的亮咖啡色。

謠用地板刷時用上了腰力，動作非常紮實。春雪佩服地想說她一定很習慣這種大規模的打掃，真不愧是貴族學校，手上也不認輸地控制水管，沖掉地板上浮起的髒汙。

短短幾分鐘過後，地板已經亮晶晶地像是新的一樣，同時系統許可的水量也幾乎完全用完。春雪內心滿意地自己佩服自己分配水量的本事，滿臉笑容看著謠說：「那就把水龍頭……」但一句話說到這裡卻忽然住了口。

先前負責開關水流的搭檔，現在跟自己一樣待在小木屋裡，所以手碰不到水龍頭。而且即使用完水量表上的水量，分接頭並沒有自動控制功能，所以水不會自己關掉。也就是說，照這樣子看來，再過幾十秒就會超過系統核准的用水量。

當然即使用水過量，也不至於被逮捕，帶到強制收容所去，但春雪在校內網路上的學籍資料當中會記下這次「輕微違規」，之後會被老師唸上幾句，終究會有點麻煩。

「不妙……」

春雪想也不想，用力握緊水管。儘管被堵住的水流不服氣地抖動水管，但總算讓水量表幾乎不再有動靜。謠似乎從他的模樣敏感地察覺出狀況有異，省略打字的動作丟下地板刷，轉身就要朝分接頭跑去。

不得了的悲劇就發生在這一瞬間。

春雪用力壓住水管的右手大拇指一滑，累積的水彷彿成了一次遠程集氣攻擊，帶著壓倒性的出力噴出——

啪啦一聲在謠穿著體育服裝的右肩上噴個正著。

自己所引起的悲劇之重大讓春雪的腦子超過負荷，全身完全靜止不動。反倒是年紀遠比他小的小學生雖然一瞬間露出驚訝的表情呆立不動，但隨即又跑了起來，在離三公尺遠的校舍旁分接頭前蹲下，迅速關上開關。

視野右端的水量表剩下〇．二％，驚險地避免了用水過量的情形，但春雪也沒意識到這點，仍然凍結在右手舉起水管的姿勢。

謠小跑步來到他正面，上半身還滴著無數水滴，仍然打字對他說：

【UI＞請不要放在心上，我就是想到會有這種情形，才換上體育服裝的。】

接著面不改色，大動作掀起吸飽了水而貼在皮膚上的上衣衣襬，用雙手扭乾。

這毫無防範的行動讓春雪不由分說地看到了她白晰的皮膚，空轉的思考檔次受到衝擊而回歸原位。轉數表一口氣衝上紅區，這才恢復了發汗量增加／面紅耳赤／心跳亢進等正常反應，猛然站直身體，以破音的嗓音大喊：

「對、對不、對不、對不起！真真真的很對對對不起！我我我絕對不是故意的是是是手滑了一下，水水水就噴噴噴……」

謠聽了後眨了幾次眼睛，歪了歪頭，再次閃動手指：

【ＵＩ＞我沒事啊？我還帶了替換衣物來，所以不要緊的。】

「可可可是，被那麼強的水柱噴到，神……神……」

神經連結裝置會進水。

春雪正要說出這句話，朝謠纖細的頸子上看了一眼。

神經連結裝置是全天候配戴型的裝置，任何機種都具有可以直接水洗或洗澡的生活防水功能。但直連用的插孔跟攝影機鏡頭這些部分無可避免地會比較脆弱，要是泡進深水之中，或是被高壓水柱噴到，難保不會發生進水的情形。春雪就是擔心這點，然而……

不管看了幾次，謠那寬馬尾下的後頸上卻什麼都沒有。只看到極細的頭髮髮尾上有水珠在發亮，根本沒有任何裝置存在。

「咦……」

春雪受到與先前不同種類的震驚，不由得低呼出聲。

四埜宮謠沒有佩戴神經連結裝置。但這種情形是不可能發生的。幾十分鐘前她明明還用無線方式跟春雪的神經連結裝置連線，並透過聊天用程式進行談話。

想到這裡，春雪才想到了一個早應該感覺到的疑問。

為什麼要用文字交談？由於她靠著駭人的打字速度實現了毫無延遲的談話，所以春雪也沒多想，但仔細一想就發現從謠現身以來，從來沒有用肉聲說過話，相信這當中應該有什麼苦衷……

看來謠敏銳地察覺到了春雪視線中的含意。

她將一對從正面看去會發現微微混著紅色的眼睛朝向春雪，右手指頭順暢地一刷，緊接著視野當中浮現出一個縱向的長方形。

是姓名標籤。上方正中央寫著她的姓名【四埜宮謠】與字體稍小的【松乃木學園國小部四年菫班】與【二〇三七年九月十五日生】等資料。但戶口網路認證名牌本來應該是橫向，她的卻是縱向，其實有個意外的理由。

姓名標示區的下方，附上了一份陌生的證明書，上頭以厚重的明體寫著【醫療用硬膜內留置型通訊器材使用許可證】，右下方更蓋了厚生勞動省（衛生署）的認證章。

春雪從頭到尾，朝著這排只看一眼不太看得出意思的漢字又看了一次，想理解這其中的意思。

留置型通訊器材，指的就是植入體內的微型晶片；硬膜指的多半是頭蓋骨內側，也就是包住整個腦部的膜。植入大腦之中的通訊晶片……也就是——

腦內植入式晶片（Brain Implant Chip），縮寫為ＢＩＣ。

「……！」

春雪拚命按捺著這股幾乎讓他全身往後直仰的震驚。

短短兩個月前，新學期開始沒過幾天，有個一年級新生出現在春雪面前，策劃可怕的計謀，企圖從春雪身上搶走許多事物，而他也同樣在腦內裝了ＢＩＣ。經過漫長的苦戰之後，他──「Dusk Taker」永遠離開了加速世界，但他參加的組織卻仍然存在。不但繼續存在，還在上週的赫密斯之索縱貫賽裡派出第二名刺客「Rust Jigsaw」突然混進比賽，解放靠ＢＩＣ強制增幅過的範圍型心念攻擊，破壞了整場比賽。

不難想像Jigsaw所屬的組織「加速研究社」今後將繼續加強對加速世界的攻勢，因此春雪面對四埜宮謠這個初次見面的ＢＩＣ擁有者，難免反射性地產生戒心。但就在戒心即將表現在臉上之際，目光總算停在了許可證上那行字最前面的部分。

上面寫著「醫療用」。

Dust Taker、Rust Jigsaw以及Black Vise等加速研究社的成員，是透過違法手術，非法植入ＢＩＣ，所以想當然他們應該沒有厚生勞動省發行的許可證。即使企圖偽造，在標籤表層複雜反光的認證印實在不是任何駭客有辦法偽造的。過去黑雪公主曾經秀過竄改了名字的名牌，但她並不是從零打造出整個名牌，只是抽換掉加密過的姓名資料，當然那也已經是極其高度的技術了。

也就是說，從謠秀出的許可證看來，她是為了醫療目的而合法持有ＢＩＣ。

謠似乎從春雪的眼神看出裡他的心思，依然不改平靜的表情，伸手輕輕摸過投影鍵盤：

【ＵＩ＞對不起到現在才跟你說。因為有田學長跟我講話講得這麼自然，讓我不小心錯過了該說明的時機……我患有運動性失語症，無法直接用講話的方式交談，所以才要像這樣使用ＢＩＣ，透過打字方式來說話。】

「運……動性？」

春雪大致可以理解「失語症」是什麼情形，但猜不出前面冠上的這個字眼是什麼意思，喃喃說出了這句話。緊接著謠打出了一段想來早已打熟的解說：

【ＵＩ＞失語症大致可以分為運動性跟感覺性這兩種。感覺性失語症讓患者對語言本身就難以理解，這種情形下連用打字來溝通都辦不到；相對的運動性失語症則是控制發聲器官來說話的功能有障礙。由於可以理解語言，讀寫文字不成問題。】

春雪反覆看了這段文章好幾次，這才總算弄懂了兩種症狀的差異，接著戰戰兢兢地問出了忽然間想到的疑問：

「呃……那，如果不用ＢＩＣ，而是用神經連結裝置直連來進行思考發聲……行得通嗎？」

謠彷彿早已料到他會這麼問，立刻輸入回答：

【ＵＩ＞以神經連結裝置進行的思考發聲，實際上並不是直接讀取心思，而是讀取大腦為了控制口、舌、臉頰而發出的運動訊號，重新建構成聲音。如果是症狀較輕的運動性失語症患者，有可能可以運用這種方式，但我的大腦為了說話而發出的訊號，會在神經的某個部分就被完全截斷，就像這樣。】

這時謠停止打字，以右手手指指向自己的嘴。

就在春雪目不轉睛的凝視之下，櫻花色的小嘴輕輕開啟。從有著珍珠般光澤的小巧牙齒縫之間，可以看到舌尖的一小部分。她深深吸氣，正要將這口氣轉換為聲音發出之際。

喀一聲尖銳而僵硬的聲響響起，上下兩排牙齒猛力咬上。喉頭冒出細細的肌腱痕跡頻頻顫動，顯示她的下巴正灌注極大的力道。不聽使喚的臼齒咬得咿呀作響，謠清純的臉龐露出痛苦的神色。

「對……對不起，夠了，可以了！」

春雪下意識地這麼大喊，踏上一步，伸手要去抓住她嬌小而僵硬的肩膀，卻又猶豫著不知道該不該碰她，就這麼停在尷尬的姿勢。

但所幸謠的緊繃症狀只維持了短短幾秒鐘。少女一瞬間腳步有些不穩，接著深深吐出一口氣，抬起頭來，以略顯生硬的指法打字：

【ＵＩ＞對不起，讓你擔心了。我本來沒打算真的出聲，可是突然覺得搞不好說得出話來，才會忍不住……我也真傻，想也知道不可能。非常對不起。】

「哪裡，妳不用道歉啦。」

春雪猛力搖頭。一邊為了短短一分鐘前還對謠擁有的ＢＩＣ產生戒心而強烈後悔，一邊拚命找話講：

「笨……笨的人是我。都怪我冒失地這樣亂問，真的很對不起。我明明知道思考發聲的功能怎麼運作……仔細想想就應該知道，都怪我太笨……」

春雪再也不敢看她，深深低下頭去，接著就在小木屋沾濕的地板映照出來的夕陽光輝背景下，看到一串櫻花色的文字跑了過去：

【ＵＩ＞謝謝你。我完全沒放在心上，所以請有田學長也別在意。好了，我們來收拾用具吧。掃得這麼乾淨，小木屋應該不需要再掃了，牠一定也會高興的。】

春雪戰戰兢兢地抬起頭來，朝謠小小的臉龐看了一眼。她說，不，應該說是她打出來的字沒有說錯，至少在她臉上看不到任何不高興的神色，讓春雪總算放鬆下來，點點頭說：

「……嗯。不過這裡有我收拾，妳最好趕快去換衣服。校舍那邊有個側門，從那邊往走廊走過去一點點，左邊就有間洗手間……」

春雪很快地說到這裡，撿起地板刷，接著視野中出現有點強硬的反駁。

【ＵＩ＞我不要緊，請讓我幫忙到最後。我來收水管……】

這時字串忽然中斷，只見謠突然銳利地吸一口氣……

發出哈啾一聲可愛的噴嚏聲。

這是春雪首次聽見四埜宮謠親口發出聲音。

下午五點四十五分，春雪完成了打掃小木屋與歸還打掃用具等所有任務，打開飼育委員會的活動日誌檔案，在已經存了兩人分認證章的欄位後頭加上自己的名字，接著送進校內網路。

「呼……」

春雪深深呼氣，重新看著打掃完的小木屋。

儘管到處都還積著水，但比起開始打掃前蓋了厚厚一層樹葉腐土的情形，已經恢復亮咖啡色的陶瓷地磚簡直是脫胎換骨。不鏽鋼製鐵絲網與木板牆還積著灰塵，但這些只要明天拿刷子刷過，應該馬上就能刷乾淨。

當然屋內掃出這麼多落葉跟汙泥，小木屋前自然多了一座小山，但這應該要等乾燥之後再裝進垃圾袋丟棄。所幸根據天氣預報，從今晚開始的幾天都不會下大雨，相信不用花多少時間就會乾了。

「還真是有志者事竟成啊……」

春雪這麼自言自語，換好衣服的四埜宮謠就迅速打了幾行字：

【ＵＩ＞其實我昨天已經先來看過這間小木屋。當時我估計得花個三四天才能用，不過看

這樣子，明天就可以帶要養在這裡的動物過來了。管理部催我催得很緊，所以你真的幫了我一個大忙。非常謝謝你，有田學長。】

「哪裡，別這麼說……要是我做事牢靠點……」

春雪省略了「要是我沒先讓另外兩個委員回去」這句話，含糊地接著說：

「……應該就可以再早一點掃完。不說這個了……我實在很想知道要養在這裡的是什麼動物……」

說著往旁瞥了一眼，站在身旁的謠眨了眨那對瞳孔裡混著些微紅色的大眼睛，只用右手食指以充滿節奏感的動作輕輕敲了幾下。

【UI＞這・是・祕・密。】

「這、這樣啊……那我只好期待明天趕快來了……」

春雪口齒不清地這麼回答，視線再次轉向身旁。

松乃木學園國小部的夏季制服，是一款白底水手服配色，線條十分單純的連身裙。兩條頗寬的綢折從相當高腰的位置往下延伸，輪廓看起來倒也像是老式的和服褲。春雪從來沒有從這麼近的距離看過這款制服，不由得看了好幾秒，接著才趕忙轉頭向前：

「再、再過十分鐘左右就是強制離校時間，我們差不多得離開學校才行了……今天很謝謝妳幫忙。」

【ＵＩ＞哪裡。明天也要請你多多關照了。】

但謠在這段回答之後打出的一段文字，讓春雪意想不到。

【ＵＩ＞我要去學生會室打聲招呼，請有田學長先回家吧。】

「咦……？」

春雪不及細想，整個身體往右轉回來，直盯著謠看。

記得她說過認識本校學生會的人，但即使如此，竟然敢獨自闖去外校，而且還是國中的學生會，國小四年級能有這樣的膽識實在驚人。看到春雪瞪大眼睛，謠反而覺得不可思議地回望他，若無其事地先打了一段字，之後微微低頭致意：

【ＵＩ＞那我失陪了。有田學長再見。】

接著她轉過身去，大跨步走向正門的方向，春雪幾乎反射性地叫住她：

「等、等一下，我也去！該怎麼說，我也認識學生會的人……」

雖然不知道第一校舍一樓裡邊的學生會室裡還留著幾個幹部，但黑雪公主還留在裡頭的機率應該相當高，她未必不會像春雪那樣，對謠身上的ＢＩＣ抱持戒心。謠連神經連結裝置都沒有戴，不可能會是「加速研究社」的刺客，這點春雪必須盡快告訴她。

看到春雪小跑步並列到自己身旁，謠的臉上閃過一絲奇妙的表情，但也沒有多說，不，應該說沒有多寫什麼，只點了點頭。

從正面樓梯口進入校舍，換掉沾滿泥土的球鞋，校內系統所發的警告廣播就出現在視覺與聽覺之中。聽著合成語音宣告必須在五分鐘以內離開學校，否則將視為第三級違反校規行為，記錄在個人檔案上云云，春雪不禁皺起眉頭。無論任何委員會的委員長權限，都無法對抗這項規則，只有學生會的幹部可以申請延長離校時刻。

眼前也只能拜託黑雪公主幫忙延長，但春雪實在不知道她肯不肯這樣公私混淆，不由得心驚膽跳地走在第一校舍走廊上，身旁的四埜宮謠卻仍然一臉若無其事的表情。

——我小四的時候，光是踏進陌生的國中校地，都難保不會緊張到昏倒啊。

春雪腦子裡轉著這些有點沒出息的念頭，沒過多久就看到了走廊西側的底端，而設立在右手邊牆上的門就通往學生會室。仔細想想才發現自己入學一年三個月以來，從來就沒有進去這裡過。

儘管來到了關著的白色拉門前，春雪卻猶豫著不敢動，反而是謠毫不猶豫地舉起右手，在空中點了一下。原來她打開了投影視窗，按下了進入鈕。

兩秒鐘之後，喀啦一聲門鎖打開的聲音響起，謠面不改色地拉開門，微微鞠躬後走了進去。

——呃、呃，我該怎麼辦……

春雪事到臨頭還停在走廊上轉著這些退縮的念頭，耳裡卻聽見了耳熟的聲音：

「謠，對不起，我這邊的工作多花了點時間。小木屋應該還沒打掃完吧？我現在就過去幫忙……」

——咦？

剛剛說話的人無疑是黑雪公主，而她說話時非常自然地直接叫了「謠」的名字。這也就表示——四埜宮謠所說的「認識梅鄉國中學生會裡的人」，也就是副會長黑雪公主本人……？可是這兩個人之間到底有什麼接點？

當他腦子裡一團亂，頭昏眼花地站在原地，仍然顯示在視野當中的聊天視窗中跑出了一串新的文字。看樣子謠跟黑雪公主也建立了無線連線。

【UI＞打掃已經結束了。全靠這位學長一個人努力掃完。】

「……這位學長？妳說的人在哪？」

聽到黑雪公主納悶地這麼說，春雪心想總不能繼續躲在走廊上，於是踩著生硬的腳步從牆壁後頭現身，跨過了門檻。他低著頭關上身後的門，接著戰戰兢兢地抬起頭來。

第一次看到梅鄉國中的學生會室，裡頭遠比他想像中還要寬廣。中央有張橢圓形的會議桌，靠裡面的窗邊則放著細長的辦公桌，左右兩邊牆壁則排滿了格子狀的木置置物架。

所有櫥櫃桌椅都是以沉穩的深咖啡色天然木材製成，地板上鋪了深米色的地毯，入口左邊甚至放著一套大型沙發組，怎麼看都不像是國中裡該有的裝潢，搞不好比過去曾經窺見過的校長室還要高級。

謠站在正面的會議桌旁，黑雪公主則待在沙發組旁邊，除此之外看不到其他人，看樣子黑雪公主是一個人留下來加班，但真正出人意料之外的是她的打扮。

「學……學姊，妳怎麼穿成這樣？」

春雪一瞬間連她與謠之間的關係都忘了問，發出這樣的疑問。黑雪公主立刻雙手擺到身前，遮住了緊身的黑色短袖T恤與深藍色五分褲——也就是遮住了自己身穿體育服裝的模樣。

她臉頰微微泛紅，噘起嘴發出變調的嗓音：

「沒、沒有，這是啊……我是想說既然要打掃那間小木屋，就該換上不怕弄髒的衣服……別說這個了，倒是春雪，你為什麼會在這裡？」

「為什麼？……這……呃……是為什麼來著？」

春雪一瞬間真的搞不清楚，吞吞吐吐地說不出話來，接著就看到聊天視窗裡列出了謠看不下去而打出來的話：

【ＵＩ＞有田學長是飼育委員長，小屋就是他打掃乾淨的。我說要來學生會室打招呼，他就跟我一起來，不過我不知道他來的理由。】

——我還真想不出到底有什麼理由說……

春雪開始思索這些為時已晚的問題，同時聽到了黑雪公主摻雜著等量驚訝與傻眼的嗓音：

「你、你當了飼育委員喔？怎麼會去……啊，這樣啊，是抽籤的結果啊？……受不了，偏偏在事情這麼多的時候中獎，春雪你還真是很會招來大風大浪啊……」

這種時候要是說出自己其實是會錯意才主動報名，多半會把狀況搞得更複雜，只好露出不好意思的笑容說聲：「也還好啦。」

仔細打量一會兒，就覺得身穿體育服裝的黑雪公主，充滿了一種跟平常穿著制服的清純模樣不同的魅力。或許是因為頭髮綁成跟謠很像的馬尾，她的身影散發出一種充沛的活力，讓春雪張大嘴看得呆了，好一會兒後才決定先問出眼前想到的問題：

「……不、不過話說回來，為什麼會由學姊去打掃小木屋？難道學姊兼任學生會跟飼育委員……應該不是這樣吧？」

「啊啊，這是因為啊……」

說到這裡，黑雪公主發現了什麼似的，先停下話頭，迅速在虛擬桌面上操作了幾下，接著春雪的視野之中就跑過一串通知延後離校時間的訊息。看看時間才知道現在離六點只剩下七秒，春雪正要道謝，黑雪公主卻一揮手制止，繼續說道：

「……說穿了就是因為我推測只靠三個多半都是用抽籤選出來的飼育委員，應該不可能在短時間內把那間小木屋打掃乾淨。畢竟我跟謠約好要儘可能在最短時間內讓小木屋可以使用，所以我本來想幫忙打掃到離校時間不能再延長為止……只是我可沒想到你會當上飼育委員，而且還在短短兩小時之內就把那間狀況悽慘的小木屋打掃得乾乾淨淨啊。春雪，你好努力……」

看到她以溫和的微笑對自己深深點頭，春雪有種一顆心揪在一起的感覺。他不知道該怎麼反應才好，只能呆呆站在原地看著黑雪公主的眼睛。

——其實我本來想偷懶。可是我想到妳一定也在努力做好自己的工作，所以我才能努力到最後。可是妳……妳在做完自己本來的工作之後，竟然還想幫忙打掃那間小木屋……

也不知道這段心聲有沒有傳達過去，只見黑雪公主再次緩緩點頭。

這段充滿了奇異恩典的瞬間，被一段以超高速度在聊天視窗上跑過的櫻花色字形打斷：

【UI＞不好意思打擾你們深情對望，不過也差不多該告訴我了吧。有田學長跟幸幸是朋友嗎？】

黑雪公主連連眨眼，看了站在春雪右側的謠一眼，恍然大悟地說了聲：「啊啊，對喔。」

「不好意思。對喔，我都忘了謠謠還不知道，實在太粗心了。」

——幸幸？謠謠？

春雪啞口無言地交互看著她們兩人，耳裡聽見了黑雪公主簡潔的說明：

「謠謠，他——有田春雪，就是我們軍團的先鋒，也是我的『下輩』。」

「！……？！！？！？」

——妳、妳、妳在說什麼啊啊啊啊！

春雪內心這麼吶喊，視野中則傳來謠明瞭的回答：

【UI＞啊啊，原來是這樣啊。原來有田學長就是有名的「Silver Crow」啊？】

「！！！？？！！！！？！？」

——我、我、我的現實身分又在不知不覺間曝光了啦啊啊啊啊！

春雪反射性地想拔腿就跑，但門已經上鎖，怎麼拉就是拉不開。黑雪公主看著春雪的背影，看不下去似的對他說：

「……春雪，我說你啊，這一連串過程裡應該夠讓你推測得出來了吧。她——四埜宮謠，也跟我們一樣是超頻連線者，而且還是第一代黑暗星雲的成員，這有那麼難猜嗎？」

5

——我再也不相信任何人了。

春雪在腦子裡沮喪地說著這種像是陳年漫畫裡的反派英雄會右手提著槍，左手按住傷口說的台詞。

他縮在學生會沙發組的角落，雙手捧著紅茶杯。黑雪公主親手泡的大吉嶺紅茶看起來非常高級，但他還沒有從震驚中恢復，實在沒有心思去品味茶香。

——說再也不相信任何人未免有點過火，不過以後我至少會懷疑。以後凡是突然出現卻異樣冷靜，還把我當人看的，我都要懷疑他們是超頻連線者，而且一定是老資格的高等級玩家。

春雪抱持著這樣的決心，往對面沙發椅上瞥了一眼，看到四埜宮謠正一臉認真地將奶精滴進茶杯。大概已經注入了適量的奶精，只見她點點頭放好奶精壺，用湯匙慎重地攪拌。

看著她這稚氣的模樣，到現在春雪還覺得難以接受事實。謠是姊妹校松乃木學園的國小部四年級生，出生於三七年九月，所以現在年齡只有九歲又九個月，比紅之王仁子還小了兩歲。

第一代黑暗星雲歷經團長Black Lotus的叛亂而垮台，是在兩年半前發生的事，所以當時謠應該還只有七歲。這麼算來，她到底是幾歲當上超頻連線者的？

正當春雪被這種種疑問弄得頭昏腦脹地啜著紅茶，貼在他左邊坐著的黑雪公主將茶杯放回盤子上，以有點出他意料之外的一句話開了話頭：

「……謠，記得妳昨天也沒戴神經連結裝置，妳平常都不戴嗎？」

聽她這麼問，謠右手喝著奶茶，只用左手靈活地打字。可怕的是速度並沒有放慢多少。

【UI＞對。因為一戴上，我就會忍不住想去那個世界。】

「就去啊。妳又不像我是懸賞犯。就算名字出現在對戰名單上，應該也不會接二連三有麻煩的傢伙來挑戰。」

【UI＞我每個月都會去世田谷的中立戰區單獨對戰一兩次，這樣就夠了。我不該要求更多，畢竟實質上造成上一代黑暗星雲垮台的一部分責任就在我身上。】

「咦……？」

發出這聲驚呼聲的是春雪。

他盯著視野中浮現的聊天視窗來來去去看了好幾次，但不管看了幾次，從謠打出來的這串字裡都看不出任何其他解釋。

——造成黑暗星雲垮台？

這句話黑雪公主說過好幾次。

黑之王Black Lotus在兩年半前的七王會議上，砍下了主張9級玩家間休戰的紅之王Red Rider的首級，成了遭到永久放逐的罪人，結果她所率領的第一代黑暗星雲也逐漸銷聲匿跡——照春雪先前的理解是這樣。

他對身旁投出要求說明的視線，但還穿著體育服裝的黑雪公主那暈著憂鬱的目光卻沒有從茶杯上移開，遲遲不開口；而謠也一樣，儘管左手放在投影鍵盤上，卻始終保持沉默。

沉重的寂靜之中，只見從北側窗戶射進的光線顏色逐漸變濃。雖說夏至就快到了，但到了下午六點半，天空也終於開始變暗。

記得憑學生會幹部的權限，頂多只能把離校時刻延後到七點。時間固然令人擔心，但她們兩人先前的互動更讓春雪擔心得咬緊嘴唇。春雪滿心希望她們能將這一切做個淺顯易懂的說明，但自己在這個場面上是不速之客，實在不太敢擺出咄咄逼人的態度。

所幸兩位老資格的超頻連線者似乎在沉默當中達成了某種共識，先由身旁的黑雪公主輕輕吐出一口氣說：

「……先前我一直有意識……又或者是無意識地避免談到以前的第一代黑暗星雲。畢竟我覺得做出這種沉溺在過往的舉動，實在對不起春雪你們幾位這麼努力的現任成員……更重要的是我也沒有勇氣去正視自己犯下的罪……可是，Raker回來了，謠謠也在事隔兩年半之後讓我在這裡見到了。我想……這應該表示面對過去的時候來了……」

春雪屏氣凝神地傾聽，接著換坐在他對面的謠閃動雙手：

【ＵＩ＞要說誰有罪的話，我也一樣有罪。我、幸幸、還有楓姊都沒有去正視自己的過去，長期躲在加速世界的角落。而我們之所以能再次面對自己，無疑是黑暗星雲這群新成員的努力所換來的結果。有田學長有權利知道過去的我們犯下了什麼樣的過錯，知道我們為什麼要從第一線退下來。】

「嗯……也對，妳說得沒錯。」

黑雪公主看完發出櫻花色光芒的文字，點點頭這麼說完，接著全身轉過來面向春雪。

漆黑的眼神深處，搖曳著與她先前多次準備談論自己過去時同樣的神色，但現在她的眼裡並不是只有這種神色，瞳孔正中央更有著小小的星星發出毅然的光輝。

稍作停頓之後發出的聲音，也同樣有著試圖承受並克服傷痛的堅毅聲色：

「……春雪，你也已經知道，我曾經假意贊同初代紅之王Red Rider所主張的休戰協定，砍下了他的首級，接著我就這麼與其他五個人展開亂戰，存活下來而登出超頻連線之後，斷絕與全球網路的連線長達兩年……我是這麼跟你說的，但嚴格說來，其間我還登入了唯一一次。在與諸王的戰鬥結束後的翌日，我潛進了無限制中立空間。為的是對第一代黑暗星雲的成員謝罪，並將我累積的大部分超頻點數轉讓給他們。」

【ＵＩ＞這種點數我們怎麼能收。】

謠以文字插嘴，接著就看到黑雪公主微微苦笑：

「可是除了點數以外，我根本沒有什麼可以送給大家。虧我還冒險跑去『商店』把點數換成物品，可是你們卻那麼生氣……」

【UI＞那還用說，到現在想起來我都還有點火大。】

「不好意思啦。」

黑雪公主又笑了笑，聳聳肩膀說下去。

「……不過事情並不是就這樣結束。我對大家說出了自己所做的事，表明要指定接任的團長，遠離加速世界，結果謠這些『四大元素(Elements)』卻提出了一個不得了的主意。」

「E……Elements……？」

春雪複誦了這個字眼，就聽到謠微微紅著臉打字回答：

【UI＞當時在黑暗星雲擔任副團長的四名超頻連線者，不知不覺間就被安上了這個誇張的外號。理由是這些人的虛擬角色屬性正好分成地、水、火、風。】

「『風』自然是Sky Raker，謠謠的屬性就到以後再揭曉吧。」

春雪交互看了看微笑著補上這句話的黑雪公主，以及顯得有些靦腆的謠。

不知道這四名通稱「四大元素」的副團長，定位上可不可以想像成很久以前戰國諸侯手下「四天王」？儘管多少有料到，但這個嬌小的少女居然是曾與Sky Raker並列的強者。既然她這麼厲害，而且還同樣住在杉並區，黑雪公主為什麼不快點跟她聯絡，請她回到軍團之中呢？想來她當然有苦衷，但如果至少在領土戰可以請到她幫忙，防守起來一定會輕鬆多了。

春雪不由自主地想著這些小家子氣的念頭，但聽到黑雪公主清了清嗓子，同時神情一變，自己也趕緊端正坐姿。平靜的說話聲在越來越昏暗的學生會室中響起：

「——我表明退出之後，『四大元素』提出的對抗性提案，完全出我意料之外。他們……他們說除了升上10級以外，多半還有另一種手段可以把『BRAIN BURST』破關……」

「咦……？」

這句話對春雪也造成了莫大的衝擊。

因為春雪一直深信不疑，認為考慮到條件的嚴苛，除了「升上10級」以外，再也沒有其他方法可以達到網路對戰格鬥遊戲「BRAIN BURST」的終點。

還能有什麼目標是同樣困難的嗎？例如說統一所有領土？不，這太不實際了。因為儘管大部分超頻連線者都集中在東京都心，但戰區本身則遍布全日本。

春雪無從推測，探出上半身以催促的口吻問說：

「是……是什麼手段？妳說的另一種破關手段到底是什麼？」

「春雪，你應該也看過不止一次了吧。」

聽黑雪公主以故作神祕的語氣這麼回答，春雪瞪大了眼睛：

「我看過……看過什麼？」

「看過那座始終存在於加速世界中心，但任何人都無法進入的魔城……看過那雄偉的模樣。」

一聽到這句話……

腦子裡鮮明地浮現出一幅昨天才剛看過的光景。

籠罩在濃霧當中的「魔都」場地。線條尖銳的街景遠方，有著許多直衝黑雲的尖塔。儘管拒絕任何人進入，但那厚重又豔麗的輪廓卻又彷彿在引誘人一探究竟。

「……是、是皇居……？」

聽春雪以顫抖的嗓音這麼說，黑雪公主與謠無言地輕輕點頭。春雪先連連眨了幾次眼睛，接著才趕緊反駁：

「可、可是學姊昨天不是才說過，說皇居是『加速世界裡唯一用上任何手段都無法進入的地方』嗎？」

「可是我應該也說過只是『在正常對戰空間』下進不去。」

「這、這麼說來……也就是說，呃……只要是在正常空間以外的地方……」

春雪吞了吞口水，戰戰兢兢地說下去：

「……也就是說從高階的『無限制中立空間』，就有方法進得去？」

接下來好幾秒，春雪都等不到回答。

黑雪公主與謠對看一眼，一瞬間莫名地同時目光低垂，卻又隨即抬起頭來，以跟先前同樣的表情點點頭。這次換謠透過聊天程式回答：

【ＵＩ＞至少已經確定有疑似路徑的部分存在。無限制空間內的皇居……我們稱之為「禁城」，裡頭有著正常空間下千代田戰區的皇居所沒有的四個城門。】

「……那就是……禁城的，入口……？」

「唔。城池的東南西北，各有一座高度約莫有三十公尺的巨大城門聳立著。除此之外的城牆部分，上下方向都同樣設有隱形的障壁。」

聽黑雪公主這麼說，春雪在心中回想起現實世界中皇居的平面圖。現實世界中的真正皇居，也同樣在東南西北四個方向都有著城門，其中幾個門還成了地下鐵的站名。南方的是「櫻田門」、西方是「半藏門」，東方跟北方想不起來，但加速世界的地形基本上都是以現實世界為依據，所以覺得「禁城」有門反而比較自然。

「……這些門……打得開嗎？」

內心興奮又期待地這麼一問，黑雪公主就環抱雙手點點頭說：

「畢竟門要是打不開，根本就只是牆壁了啊。既然是門就應該打得開，這樣想比較合理——只是這有個前提，就是得先到得了門前，才能把門推開……」

【ＵＩＶ沒錯，雖然有門，但卻到不了門前，因為四個門都受到了絕對的保護，由四隻在整個無限空間最強的超級公敵保護。】

「……！」

春雪覺得終於慢慢看見問題核心所在，銳利地吸了口氣。

所謂的「公敵」，是棲息在無限制中立空間的怪物總稱，跟一般ＭＭＯＲＰＧ一樣是由系統自動控制，幾乎所有個體都是只要有超頻連線者進入牠們的反應範圍內，就會猛然展開攻擊。打倒這些公敵得到的不是經驗值，而是超頻點數，但就連最低階的公敵都強得嚇人，而且獲得的點數也極為稀少。若是真心想獵殺公敵，就得組成多人團隊，並紮營數日至一週左右，辛苦的程度非同小可，連絕對不討厭「一點一滴賺取經驗值」行為的春雪，都不太想積極參加這種活動。

春雪用快要涼掉的紅茶潤了潤乾渴的喉嚨，問說：

「所謂最強……大概有多強啊……？」

黑雪公主沉吟了一會兒後說：

「嗯……老實說實在無從說明起啊……對了，春雪，記得你也曾經看過……我們跟紅之王一起前往池袋的時候，你應該也看到了二十名左右的團隊一起獵殺公敵的情形吧？」

「嗯……嗯嗯。那隻公敵超猛的，幾乎像一座小型大樓。那就是四埜宮同學說的『超級公敵』嗎？」

春雪戰戰兢兢地這麼一問，兩名老資格玩家不約而同地微微苦笑。謠手指一閃，櫻花色字體在一陣輕快的音效中跑過：

【UI＞二十人左右就能獵殺的公敵算是「巨獸級(Beast)」，比巨獸級強十倍左右的個體叫做「神獸級(Legend)」，很少有機會遇到，而且要是沒有準備就遇到，幾乎必死無疑。】

「十、十倍……比那玩意強十倍……？」

春雪背脊一顫，低聲驚呼。就連當時前往池袋途中，在山手大街上看到的公敵，都足以讓春雪確定自己一對一遇到時必死無疑，老實說他根本無從想像所謂神獸級會有多強。

然而……

黑雪公主順暢地接過話頭，說出來的話更讓春雪別說發抖，甚至做不出任何反應。

「而守護禁城四方城門的公敵，則會讓神獸級都變得像吉娃娃一樣可愛。之所以叫做『超級』，就是他們強得讓人連能力數值都無從推測。他們別名『四神』，而這個綽號說得沒錯，我們真的應該把他們當成君臨加速世界的神來看待……」

加速世界的……神。

過去春雪堅信在BRAIN BURST所創造出來的遊戲空間裡，最強的存在就是「純色七王」。

他一直以為即使說大型公敵再怎麼難纏，只要像黑雪公主或仁子等諸王出場，即使單挑也能打贏。

不，想來「巨獸級」真是如此，或許到「神獸級」都是只要條件夠有利，也都有辦法打贏。記得藍之王的外號就叫做「神獸殺手」，那肯定證明了他曾經單獨打倒神獸級公敵，即使光打倒一次，就已經是足以變成尊稱的豐功偉業。

但春雪總覺得黑雪公主剛剛說話的聲調裡，含著些微的畏懼。他放低聲音，戰戰兢兢地問說：

「請問一下……『王』跟『神』，哪一邊比較強……？」

「『王』終究是人，相對的『神』則是遠遠超越在人類之上。要是正面對敵，即使七王使盡全力應戰，恐怕也比不上『四神』當中的任何一隻。」

「……真的假的？那，由這種怪物……不對，應該說由這種天神級公敵守護的門，又怎麼有辦法突破……？」

春雪茫然地自言自語，就看到謠甩動留到肩膀的馬尾點點頭，打字回答：

【UI＞沒錯，這極為困難。也因為這麼困難，過去我們才會認為通過「四神」的防守，打開門進入「禁城」中心，就是第二種把BRAIN BURST玩到破關的條件。】

「啊……對、對喔……！」

春雪不由得喊出聲來。

已知的「奪走自己以外的五名9級超頻連線者所有點數，升上10級」這個條件固然也太過困難，但換個角度來看，卻是隨時有可能達成的。只要現存的七個王之中有五個人決心犧牲自己，把自己的首級獻給另一個王就行了。這一瞬間就會誕生史上第一位10級超頻連線者，加速世界也會跟著發生改變。

但現實上這種情形當然不可能發生。所有超頻連線者都是為了讓自己變強而戰。投注莫大的時間與熱忱而升上9級之後，實在不可能那麼乾脆地放棄這一切。

相較之下，「突破四神的防守進入禁城」這件事的難處，則完全是戰力上的問題。假設一大軍團的成員全都是「王」級的高手，或許就有可能突破。這個方案同樣不夠實際，但並不需要自我犧牲的精神。

也就是說，「升上10級」與「攻略禁城」這兩個條件不同的地方在於困難的方向。前者要求精神的強韌，後者則要求拳頭上的強悍。考慮到這種對比性，成功抵達禁城中心時，世界同樣會發生改變——甚至讓BRAIN BURST這個遊戲本身就此宣告破關，這樣的假設十分合理。而且自古以來不管是什麼遊戲，「位於世界地圖中央，固若金湯的城堡」不都是最後章節的舞台嗎？

春雪品味著這種重度遊戲玩家直覺不斷受到刺激的感覺，同時探出上半身連連點頭：

「沒錯……有可能，這的確有可能！既然有這麼強得亂七八糟的怪物在防守，皇居……不對，應該說禁城，正是所謂的『最後迷宮』啊！只要進得去裡面，一定會有很不得了……非常不得了的事……」

【ＵＩ＞搞不好還會有比四神更厲害的最終頭目在。不管怎麼說，兩年半前我們黑暗星雲的成員，就對表明退出的幸幸堅持同樣的主張，說既然第一種過關條件被諸王拒絕，就來挑戰第二種條件試試看。可是幸幸就是不懂事……】

「我阻止了大家。我當然要阻止，還全力喊說不可以，我不准。」

黑雪公主回答時微微露出苦笑。

她的表情平靜，語氣也很輕快，但一對黑色的眼睛卻微微露出沉痛的神色。看到這種神色的瞬間，春雪已經微微猜到這段往事的結局。

春雪先前的興奮感逐漸遠去，胸口累積起一股冰冷的緊張感，靜靜等著她說下去。

「……可是不只『四大元素』，第一代黑暗星雲那些人一個比一個不懂事……不但反抗軍團長的命令，竟然還說如果我一定要阻止他們，就把所有人『處決』。到最後我氣不過，乾脆坐在地上賴著不走，結果他們竟然就這麼丟下我不管，大匹人馬開始朝禁城出發。」

【ＵＩ＞那還用說。我們不只是幸幸的部下，同時也是妳的監護人啊。】

「我說妳喔，謠謠，妳當時根本就才剛上國小吧！實在是……這些人一個比一個……」

語尾顫抖著憑空溶解。春雪只默默看著黑雪公主動了動白皙的喉嚨，用力閉上雙眼。

黑雪公主翻起的眼瞼下已經微微沾濕，但並沒有流下眼淚，靜靜地繼續說著往事：

「……無可奈何之下，我也只好跟大家一起去禁城。當時的場地屬性是罕見的『極光』……漂亮的極光在整片夜空中搖曳……從杉並區沿著新宿大街往禁城前進的那段路……走起來簡直像是深夜去野餐一樣啊……」

【UI＞那時候真的好開心。那段全軍團一起邊聊天邊走路的時間，到現在仍然是我最寶貴的回憶。當時是Graph把我扛在肩上……Aqua則推著Raker姊的輪椅……簡直就像昨天才發生的事……】

「因為太快走到禁城，大家還想說乾脆繞東京一圈。不，我覺得至少Graph他們提這個建議的時候應該是認真的……可是這個提案當然被駁回了，我們就在半藏門前不遠的麴町一處小山丘上開了最終作戰會議。」

長長的睫毛低垂不動，緩緩游動的眼睛彷彿在望著遠方。微微張開的嘴唇平靜地述說往事：

「──『四神』是所謂四身一體的存在，必須同時跟牠們四隻打，所以我們軍團也分成四隊，部署在東南西北四個方向。分開前我們所有人都請謠掛上加強效果，在大無畏的完美士氣與統率之下團結一條心，向禁城的守護者挑戰……」

「──那、那結果……怎麼樣……？」

春雪忍耐不住短短一秒的沉默，以沙啞的聲音問了出來。

黑雪公主端正坐姿，雙手放在併攏的膝蓋上，平靜地說道：

「展開攻勢起約一百二十秒後，最後一人倒地。第一代黑暗星雲並不是因為正常的解散而消失，而是在那一瞬間，被上帝之手摧毀了。」

後面的部分，我就等明天拓武跟千百合也在的時候再一起說完吧。

黑雪公主對聽得茫然若失的春雪這麼說完，喝乾了冷掉的紅茶。

老實說，他還有問題想問。所謂「摧毀」是什麼意思？過去的成員現在在哪裡做些什麼？他們為什麼保持沉默，不跟黑雪公主聯絡？而為什麼其中之一的四埜宮謠會在事隔兩年半之後，才出現在春雪他們的面前？

但身為現任成員的拓武跟千百合的確也該知道這段往事。而且最重要的是，牆壁上那造型優美的類比式時鐘顯示再過幾分鐘，能延長到的最晚離校時刻七點就要來臨。

黑雪公主俐落地收拾茶具，從沙發角落拿起學校指定的書包，催著他們兩人說：「好了，我們回去吧」，說著就朝門口走去。看在春雪眼裡，她側臉上的表情與平常沒有任何不同。

去年秋天她剛遇見春雪，甩下偽裝用虛擬角色而回歸加速世界時，甚至有種不敢面對過去記憶的跡象。後來當黃之王在戰場上秀出重播影片時，她更因喪失鬥志而引發導致全身無法動彈的「零化現象」。

也就是說，連具有超凡戰鬥能力的黑雪公主，每天也都在對抗自己的軟弱。

——我也沒時間不安了。

春雪起身跟著黑雪公主朝門口走去之餘，心中再次下了這樣的決心。

身為新生黑暗星雲的一員，他非得變得更強不可。別說一個星期，一定要在短短幾天內就把寄生在虛擬角色上的「災禍之鎧」給趕走，正大光明參加星期六的領土戰爭。雖然黑雪公主還沒說明她所構思的「淨化作戰」是怎麼回事，但無論她要自己做出什麼樣的特訓或苦行，自己都一定要堅忍到最後。

就在春雪悄悄握緊右拳的時候——

還顯示在視野之中的聊天視窗裡，跑過了一行證明黑雪公主終究沒能完全保持平常心的文字：

【UI＞為防萬一我還是問一下，幸幸妳打算穿這樣回家嗎？】

春雪看完一愣，朝右前方的黑雪公主看了一眼。她披在背上的長髮下，穿著有光澤的快乾布料T恤，下半身則可以看到緊身的五分褲與修長的腿。儘管春雪也同樣忘得一乾二淨，但在先前那段漫長的談話中，黑雪公主一直穿著為了打掃而換上的體育服裝。

「哇、哇，糟糕，等我一下。」

黑雪公主難得方寸大亂，喊著這幾句話回過頭來。從瞪大眼睛的春雪與有點傻眼的謠之中穿過，一路跑到位於室內西南角落的置物櫃前……

剛把書包丟到地上，接著就雙手抓住T恤下襬，毫不猶豫地從上半身脫掉。

當雪白的背部與有著黑色蕾絲的內衣後帶烙印在視網膜上的那一瞬間……

「呼啦咕？」

春雪發出這麼一聲莫名其妙的叫聲，該說是犯下了莫大的錯誤，還是勉強算答對了呢？總之黑雪公主一聽見這個叫聲，立刻猛然回過頭來，一看到呆呆站住的春雪，立刻以雙手遮住胸部，一張臉迅速熱得發紅。春雪看到她這樣，感觸良多地想著：

——幸好這裡是現實世界。如果是在加速世界，自己肯定已經在最大規模的心念攻擊下人頭落地。

緊接著一件黑色T恤勢挾勁風地飛來，在春雪臉上打個正著，讓他的視野在一陣非常香的氣味中轉為全黑。

黑雪公主將春雪趕出學生會室，以超高速換好衣服。等春雪跟在她與一臉傻眼模樣的謠身後走出校門時，離七點只剩二十秒，總算驚險地保持了正常的離校紀錄。

還來不及喘口氣，頭上就傳來帶著幾分狠勁的聲音：

「春雪，天色也晚了，你送謠回家去！明天等飼育委員會活動結束，就到學生會室集合！拓武跟千百合那邊也由你去通知！我說完了！再見！」

黑雪公主以超快速度說完指示與道別的話，立刻轉過身去，從校門前面往阿佐之谷方向走遠。聽著帆船鞋喀喀作響的聲音逐漸遠去，目送飄揚的黑髮融入黑夜之中，春雪這才吐出了積在胸腔的空氣。

「……我，應該沒做錯什麼事吧……」

他有一句沒一句地這麼說完，站在身旁的謠就小小地動了動雙手手指：

【UI＞幸幸從以前就是個隱性的小迷糊。】

「……嗯，我隱約看得出來……」

春雪重重點了點頭之後，又輕輕搖搖頭，重新整理思緒。這個星期一的放學後時間發生了太多事，但並不是所有任務都已經宣告完成，因為黑雪公主交代要送謠回家的任務還沒解決。

春雪朝天空一瞥，看見晚霞的色彩已經幾乎消失無蹤，都心的路燈微微照亮了雲層的底部。雖說所有道路上都架設了公共攝影機網，但在這種時間讓一個國小四年級生獨自走在路上，的確太危險了點。而且還有另一個問題更嚴重——

「請問一下……四埜宮同學，現在已經超過七點了，妳的門禁不要緊嗎？」

他這麼一問，謠面不改色地動著手指回答：

【ＵＩ＞沒問題，我好歹也是超頻連線者啊。】

花了幾秒鐘看懂這行字的意思時，春雪不由得緊閉嘴唇。

春雪的「師父」Sky Raker說過，幾乎所有超頻連線者都有著一種共同的傷痛。這種傷痛就是嬰兒時期得到的是神經連結裝置，而不是雙親的親手呵護。謠的意思就是說，這樣長大的小孩即使晚一點回家，又怎麼會被罵呢？

春雪即使過了九點才回家，家裡也沒有大人會罵他，所以對這個問題的答案非常清楚。

「……這樣啊。不過，還是早點回去最好啦。剛才打掃那麼拚，妳肚子一定也餓了吧？」

這句話一出口，春雪自己的消化器官就發出了音量稍大的低頻音。謠小聲嘻嘻一笑，甩著綁住的頭髮點點頭回答：

【ＵＩ＞看來的確是這樣。我一個人回得去，還請有田學長也直接回家。那麼我們再見了。】

謠鞠了個躬，一轉身帶得白色裙襬翻動，就這麼開始朝南邊走遠，春雪趕忙追上去吞吞吐吐地說：

「不行啦，我送妳！天色都暗了，而且要是我就這樣回家，明天黑雪公主學姊一定會臭罵我一頓……」

謠邊走邊歪著頭，隨後回答：

【ＵＩ＞這說得也是。那不好意思，就請你送我到大宮站。】

接著將行進路線往左微調，走在春雪身邊。

這段路走起來的感覺讓春雪覺得非常不可思議。

春雪是獨生子，自然沒有弟弟或妹妹，而且母親跟親戚也很疏遠，讓他完全沒有跟小朋友玩的記憶。硬要說的話，在隔壁區的中野區裡應該住著一個叫做齊藤朋子的遠房表妹，但自從五、六年前回母親娘家那次之後，就再也沒有見過她了。

不——說來他也不是沒有年紀比他小的朋友，那就是偽裝成朋子混進他家的仁子。可是畢竟對方是率領大軍團「日珥」的紅之王，讓春雪實在不太能把她當小孩子看，而且要是真的這麼做，難保不會被她用主砲一砲轟得焦黑。

因此像這樣以哥哥般的立場，走在背著咖啡色皮革書包，右手提著運動提包的四埜宮謠身旁，這種體驗對春雪來說極為新鮮。

「啊，我、我幫妳拿包包。」

春雪走了一百公尺以上才留意到這點，謠聽了後先鞠了個躬，才遞出了提包。春雪接過提包，還以誇張的大動作輕輕換到左手。

——不知道所謂保護一個人的感覺，是不是就像這樣？

ＬＥＤ路燈照亮了住宅區裡風雅的小路。春雪一邊調節步伐走在這條路上，一邊發呆想著這些念頭。

春雪過去連想都不曾想過，但相信在遙遠的未來，遲早他也會面臨要行使BRAIN BURST程式複製安裝權的那一刻。也就是說，他也將站在「上輩」超頻連線者的立場來挑選「下輩」，培養什麼都不懂的1級菜鳥。

——如果萬一這個下輩就跟現在走在自己身邊的四埜宮謠一樣，是個年紀比自己小，手無縛雞之力的女生。不，把想像再進一步，假設謠就是自己的「下輩」，我能當個像樣的「上輩」嗎？有辦法時而嚴格，時而溫和，做好保護與引導謠的本分嗎？

——辦得到。我應該辦得到。畢竟「我幫妳拿包包」這句話我就有好好說出口，而且也有配合她的步行速度。啊啊，如果我們真的是「上下輩」就好了。

春雪腦子裡想著這些不著邊際的妄想，完全沒有顧慮到幾十分鐘前才得知的重大事實。等到默默走了好一會兒的謠忽然動起雙手，有點顧慮地打出幾個句子，他才體認到自己有多麼大意。

【UI＞我家就在這附近。不過我有個小小的請求想藉這個機會拜託有田學長。】

春雪眨了眨眼看完這行字，還陶醉在虛擬上輩的幻想之中，於是連連點頭。

「好、好啊，妳儘管說！」

【UI＞都麻煩學長送我回家了，這樣實在給學長添很多麻煩……】

「沒關係啦，不要緊的，別客氣！」

【ＵＩ＞謝謝學長。那我就恭敬不如從命了。】

「嗯、嗯，是……是什麼事？」

【ＵＩ＞請讓我見識見識學長的實力。在照幸幸的計畫進行以前，我想親眼見證「白銀鴉」是否真的夠格當黑暗星雲的先鋒。】

「………妳說什麼？」

春雪當場定格在不自然的姿勢與表情，視線前方只見謠從肩膀放下書包，掀開皮蓋，一手伸了進去後立刻抽出。

她小小的手上握著的物體，是一款跟她同樣屬於小型，做過消光處理而有著陶器般材質的米白色神經連結裝置。

春雪一邊看著她左手攏起馬尾，將量子裝置戴上細嫩的頸子，一邊才想起自己先前忘得一乾二淨的事實。

四埜宮謠是第一代黑暗星雲的成員，而是還是號稱「四大元素」的主力，也就是所謂四天王之一，跟實力高超的Sky Raker同水準。也就是說，她不但不是1級的菜鳥，反而是實力遠遠凌駕在春雪之上的高等級玩家——

看到春雪定格不動，謠用力拉了拉他上衣衣角，引著他來到小路上每隔一定距離就有設置的長椅前。春雪半自動地坐下，接著就看到她再次翻找書包，拿出了一樣東西。

那是一條以白色半透明塑膠材質包覆的直連用ＸＳＢ傳輸線。

謠將一邊接頭遞向春雪，同時靈活地單用左手打字：

【ＵＩ＞要跟我一對一單挑，還是搭檔跟其他團隊二對二？】

請跟我搭檔。

這個決定只花了春雪〇．五秒。

春雪與謠所坐的步道旁長椅，在現實世界中的地址是杉並區大宮一丁目，在加速世界則位於叫做「杉並第二戰區」的區域之中。

由於東方與東南方各有著新宿戰區與澀谷戰區這樣的「對戰聖地」，這個區域嚴格說來屬於人口密度偏低的地方。但從下午六點到八點之間畢竟是一天之中對戰進行得最熱烈的時段，而且一旁環狀七號線沿路又有許多間大型網路咖啡店，相信對戰名單上應該至少會出現二十人左右。

春雪以長一公尺半的ＸＳＢ傳輸線與謠直連之後，挺直腰桿，雙手放在膝蓋上握緊，就這麼看著有線式連線警告出現又消失；比他小了五歲的少女則面不改色，老神在在地操作虛擬桌面。想來她應該正在啟動ＢＢ選單，將春雪——「Silver Crow」設定為搭檔。

【ＵＩ＞那麼對手團隊就由我隨意選擇。戰鬥初期我會負責支援，請有田學長想怎麼打就怎麼打。準備好了我就要開始。】

「好，好了，請！」

春雪以乾渴的嘴這麼回答，注視著謠那水潤有光澤的嘴唇。當然這不是在進行性騷擾，而是為了配合謠加速的時機。

但緊接著春雪面臨了一個先前他想都沒想過的疑問。

四埜宮謠罹患運動性失語症，無法用聲帶說話。在這種狀況下，她到底要如何對BRAIN BURST程式下達指令？

答案極為單純。

謠忽然閉上眼睛，眉心縐出細細的凹痕，微微張開的嘴唇痙攣似的顫抖。嘴裡的牙齒咬得碰撞出聲，額頭上接二連三冒出汗珠。

她的方法就是蠻幹，強迫身體發出本來發不出的聲音。

春雪差點就想叫她停手，但隨即強行忍下。既然謠是個足以在上一代黑暗星雲坐穩四天王寶座的高等級玩家，想必在爬到這種地位的過程中，已經經歷過無數場對戰。這些對戰不可能全都來自「等人來挑戰」。也就是說，這名少女已經重複過無數次這種看起來痛苦得不得了的行為。

這段苦戰換算成時間多半不到五秒，但感覺上卻像是拉長了無數倍，最後謠的嘴唇終於張開了兩公分左右，接著又慢慢閉上，接著往旁張開，最後小小一收。

超・頻・連・線。

她完全沒發出聲音，但謠確實親口刻下了這些音節。同時春雪也以格外生硬的動作唸出了同一句話。

6

梅雨帶來的潮濕熱氣彷彿幻影般消失無蹤，換成了乾爽的涼風撫過身體。

春雪在對戰虛擬角色的鏡面頭盔下猛然睜開眼睛。不管對戰過多少次，剛看到場地屬性的這一瞬間總是讓他興奮不已。

但現在卻有件事比場地屬性更讓他好奇好幾倍，因此春雪對這有著火紅晚霞與涼風吹拂下搖曳的黃金色草原之海只看了一眼，認知到這是「草原場地」，緊接著就轉過身去。

將現在最好奇的事物——也就是四埜宮謠所控制的對戰虛擬角色身影——捕捉在視野正中央的那一瞬間，春雪倒吸一口氣。

不出春雪所料，她的個子果然相當小，卻又有著一點都不讓人覺得嬌小的厚重輪廓。理由就在於她的雙手下方有著長長的盾牌垂下，身上也有著覆蓋範圍從從高腰到腳底往外擴張的裝甲護裙。這兩樣裝備搭配在一起，看上去簡直像是一整套白衣紅褲——像是古式的和服。

而虛擬角色更令人印象深刻的地方，就在於上半身與下半身的色彩完全不同。

軀幹與手臂裝甲的顏色與她的神經連結裝置十分相近，是水潤的半光澤米白色；但和服褲部分的裝甲則是兼具深度與亮度的高密度紅色。跟初代紅之王「Red Rider」那種純粹的紅色或第二代「Scarlet Rain」那有著透明感的紅色都不一樣。這種顏色就跟她的造型一樣帶著點和風——說來應該算是「緋紅（Vermillion）」。

頭部則與現實中的謠十分神似。白色面罩的額頭前方蓋著瀏海狀的裝甲，後頭部則延伸出頗長的尾翼。與和服褲同樣有著緋紅色的鏡頭眼在惹人憐愛之餘，又顯得十分堅毅。

春雪從來沒看過色彩分明到這種地步的雙色調對戰虛擬角色。Silver Crow的全身銀色是不用說，而其他黑暗星雲的成員基本上也都是單一色彩。雖然也不是沒有兩種以上顏色的虛擬角色，但基本上都是由濃度不同的同色系色彩所構成，理由就是虛擬角色所冠的顏色名稱＝虛擬角色的屬性＝軀體的顏色。既然顏色名稱一定是一個單字，這個單字所表示的顏色也就必然限定一種——本來應該是這樣。

但謠這個在春雪眼前亭亭玉立的虛擬角色，下半身是相當純粹的「象徵遠戰的紅」，而上半身也是同樣高純度的「特殊色彩的白」。這兩種屬性顯然不同，到底有什麼顏色名稱可以囊括這兩種顏色呢？

春雪有意識地將視線從極為吸引目光的和風虛擬角色身上移開，查看並列在視野左上方的兩條體力計量表之中，附屬在下方那條計量表上的名稱。

【Ardor Maiden】

「Maiden」他懂，意思是少女。這個名字確實跟謠再搭調不過了。

但最關鍵的色彩名稱，也就是這個拼成「Ardor」的英文單字，春雪一時間卻翻譯不出來。如果這裡是現實世界，只要將視線集中在單字上，就可以叫出翻譯視窗，但很遺憾的BRAIN BURST並沒有準備這麼方便的功能。儘管覺得自己曾經看過這個單字，但至少可以肯定到國中二年級為止的英文教科書上並沒有包括這個字。

問她說這個名字是什麼意思也未免太脫線，春雪只好放棄，最後再查看一下搭檔的等級。

7級——果然相當高。

春雪花了三秒左右的時間收集完這些情報，接著就先對她鞠躬說道：

「那……那就請多指教了。我會努力不讓妳失望。」

說完抬起頭一看，才忽然想到一個問題。BRAIN BURST沒有配備自動翻譯功能，同樣的應該也沒有準備文字聊天功能。那麼他們到底要怎麼溝通才好？用手語？還是使眼色？

但緊接著謠就以讓春雪懷疑自己眼睛，不，是懷疑自己耳朵的手段回答：

「請多指教了。還有鴉鴉，你不用突然講話變得這麼多禮。」

——鴉鴉？這是在叫我？白銀鴉所以是鴉鴉？

不，該在意的不是這裡。我剛剛沒聽錯——她確實說了話。謠的虛擬角色「Ardor Maiden」面罩上的嘴巴部分動了動，接著就聽到說話的聲音。

「請、請、請問一下？四、四、四……不對，呃，我在這邊要怎麼稱呼妳……」

「除了叫『denden』以外怎麼叫都行。以前大家多半叫我小梅。」

——是Maiden前半的Mai？不，現在重要的不是這個。

「……那、那……小梅，這個，妳剛剛，說話……了……」

春雪震驚過度，說出來的話有點太冒失，但謠看起來並不在意，點點頭說：

「我只有『加速』的時候可以像這樣說話。反而可以說這才是現在的我還要來到這個世界的唯一理由。」

她的嗓音在天真無邪與清純之中，兼有著一以貫之的強韌。跟春雪這種跟在現實世界裡沒什麼差別，連話都說不好的口才比起來，她反而顯得壓倒性的順暢而且富有抑揚頓挫，簡直像受過發聲訓練似的，一字一句都清清楚楚。

「可……可是，我想在這個世界說話，跟透過神經連結裝置進行思考發聲，原理應該是一樣的啊……」

「詳細的原理我也不清楚。以前Black Lotus說過這是因為與量子意識體的連線深度不一樣。」

「哦、哦……我也有聽沒有懂……」

春雪歪著頭思索之餘，再次仔細打量謠的虛擬角色全身。

光是鮮明的白色與緋紅色對比就已經十分美觀，再加上和風的白衣紅褲組合，更讓人感受到一種簡直靈魂都會被吸進去似的神聖。不，或許這樣的外觀確實有它的道理在。這種顏色與外型的組合，讓他想起了在現實世界當中同樣存在的某種事物。記得在很久以前，好像在哪裡看過……記得那是父母離婚之前，三個人一起在新年出門……

「鴉鴉，你要看我多久我是不在乎啦……」

「……然後……去一間很大的神社……新年參拜……」

「六月要去新年參拜我也沒關係……」

「參拜完以後求了籤……記得只有我抽到大凶啊……」

「可是導向游標從剛剛就一直在動。」

「記得上面是寫說與人較量時會大輸……等等，咦？」

謠的話語總算送進他的意識之中，讓春雪趕忙啟動了淡淡顯示在視野中央的水藍色三角形。謠說得沒錯，游標正急速從左邊轉到右邊。而這種游標所指的方向上，存在的當然是「敵人」。

因為這美麗的草原並不是聊天用的虛擬實境空間，而是BRAIN BURST所提供的對戰場地。

「不妙……已經被靠得很近了！」

春雪趕緊擺好架式，查看視野右上方的敵方搭檔是誰。

其中一人是4級的「Olive Glove」，記得這人應該是綠之團的成員，不過春雪沒見過。

倒是看到另一人的名字時，春雪覺得有點訝異。

是「Bush Utan」。他是同樣參加綠之團的3級玩家，春雪跟他已經交手過幾次。但過去Utan出現在杉並區時，每次都是跟他奉為「大哥」的機車騎手「Ash Roller」搭檔。

春雪有些納悶，但隨即拋下了覺得不對勁的感覺，畢竟他跟他老大哥多半也不是每次都能一起出戰，眼前有著更重要的問題要應付。從導向游標的震盪幅度來看，敵人多半已經接近到二十公尺以內，照理說就快要接敵，然而——

「……人、人在哪？」

春雪踮起腳尖，拚命瞪向游標所指的方向，但放眼望去盡是長得很高的草被風吹動的景象，連敵方虛擬角色的人影都看不見。想來他們一定盡量放低姿勢，以游泳般的動作在草叢裡移動。

正當春雪四處張望，謠卻在他身旁輕聲說：

「鴉鴉，看樣子敵方二人組分成前衛跟後衛。我去牽制後衛，前線就拜託你了。請讓我見識見識你的實力。」

說著輕飄飄地往右方走遠。

從謠在對戰前的口氣聽來，長年隱居的她之所以會到現在還出現在春雪等人面前，應該跟

黑雪公主的「災禍之鎧淨化計畫」有關。而謠似乎打算從這一戰之中，決定是否要參與這個計畫。

既然如此，即使不敢說輕鬆取勝，至少也要想辦法贏得痛快，但眼前連敵人都找不到，想贏也無從贏起。看樣子對手是不斷往左行進，走螺旋路線接近，相信很快就會接近到十公尺半徑之內。一旦進入這個範圍，連導向游標都會消失。春雪更加拚命地凝神觀看，但完全無法區別草被隨機產生的風吹動與被敵人搖動有什麼差異。

──對了，要聽聲音！

春雪突然閉上眼睛，將所有神經集中在耳朵。敵人撥開草叢前進的噪音，音質應該會與風吹草動的葉子摩擦聲有些微妙的差異，一定要聽出這點。

兩秒鐘之後。

「……根本聽不出來！」

春雪發著牢騷，再次睜開了眼睛。四面八方傳來沙沙作響的音效，但他怎麼聽都覺得沒有區別。照理說兩者應該會有細微的差異，但要能聽出差異，恐怕必須經過非比尋常的訓練。眼睛跟耳朵都派不上用場。如果用翅膀飛上天空，也許就找得出敵人，但現在必殺技計量表還是空的，而且周圍也沒有可以破壞的物件。

春雪急得咬緊牙關之際，導向游標終於從視野中消失。嚴格說來還剩下一個顏色非常淡的游標，但這個游標是指向留在遠處的敵方後衛，所以現在派不上用場。

雖然不知道前衛是Bush Utan還是Olive Glove，不過這傢伙已經移動到了半徑十公尺之內，正在等候先發制人的良機，準備給Silver Crow來個迎頭痛擊。當然春雪可以乾脆依樣畫葫蘆，躲到草叢底部，但這樣一來就會失去Silver Crow最大優勢所在的速度，屆時很有可能演變互相扭打的地板招式對決。

如果是平常的對戰，春雪這時就會放棄思考，做好前期會落入下風的心理準備，盡量累積計量表，將賭注壓在中期以後的飛行戰。說來這才是春雪的基本戰法，因為Silver Crow不耐打，攻擊距離又短，並不適合在地面進行格鬥戰，飛不起來的時候當然會處於劣勢——

因為他內心深處一直有這樣的想法。

但四埜宮謠說想見識見識春雪的實力。

所謂實力就是「真正的力量」。所謂真正，就是沒有任何保留或藉口。而且最重要的是這場戰鬥肯定還會與「淨化計畫」的成敗有著直接的關連。

——真的已經沒有對策了嗎？我手上真的已經不剩任何一張有辦法對付這種狀況的牌了嗎？

想到這裡的瞬間，一個念頭轟雷似的在春雪心中閃過。

如果是她呢？如果是跟Silver Crow同樣，基本上屬於高機動近戰型的黑之王Black Lotus，又會怎麼做？她當然不會像自己這樣慌慌張張地四處張望，肯定會悠然自得地站在一個地方，等待敵人現身攻擊的瞬間來臨，將一切都賭在這一瞬間的攻防上。沒錯，就是這樣。既然敵人也一樣是近戰型，要出手攻擊的瞬間就非得從草叢上站起不可。

當然這樣一來，自己就會比較晚開始動作，即使看見敵人，也無法先發制人。但她在一週前的直連對戰裡已經告訴過自己有種技術可以將防禦轉為攻擊。自己多半無法學得一模一樣，但即使嘗試失敗，也比放棄思考而呆呆站著要好上百倍。

春雪全身放鬆，雙眼半閉。

腦中浮現出Black Lotus上週跟自己對打時的身影。

Silver Crow以全力打出最快的右直拳，相對的黑之王接招的速度反而可說是緩慢。她的動作靠的不是「快」，而是「沒有累贅」。不是把敵人的攻擊力撞回去，而是要拉過來，並改變角度再拋出去。這個技巧就是黑之王所說的「以柔克剛」，也就是所謂「四兩撥千斤（Guard Reversal）」。

儘管一動也不動，意識中卻聽到一陣鈴鈴作響的高音，讓周圍的雜音遠去。這是當春雪的專注超過一定水準時就會發生的「加速感覺」，但他還是第一次在這麼放鬆的靜止狀態下感受到這種感覺。

過了一段不知道是長是短的時間，春雪不是透過聲音或影像，而是靠著踏步時的振動，察覺到了敵人的第一波攻擊。

——右後方！

春雪舉起右手同時轉身。這個從草叢裡站起的同時打出一拳的對手，是一身草綠色裝甲能夠融入四周景色的小個子虛擬角色「Bush Utan」。

他的面罩狀似某種靈長類動物，在彎腰駝背的身軀與袖珍的雙腳對比下，雙臂異樣地又粗又長。想來他並不是在草叢中奔跑，而是靠他健壯的手臂「游」過來的，難怪聽不到腳步聲。身高低的劣勢在這種地形上反而有利。對春雪來說，這一拳無異於突然從草叢裡打出。等他看清楚對手，巨大的右拳距離他的臉只剩幾十公分。再加上立足點不理想，要閃避是完全不可能的。

「……呴喔喔！」

Utan肯定這第一拳能夠打中，揮拳的同時大喝一聲。相較之下春雪則不吭一聲，軟軟地接下對手這一拳。

敵人右鉤拳那烈火燃燒般的威力從手掌上傳來。這種時候即使想硬擋，手臂也一瞬間就會被彈開，讓顏面遭到痛擊。這種時候不能硬拚，不要抗拒對方的力道，而是要把自己的動作融入對方的動作之中，只改變攻擊的方向。要旨多半就是「圓轉」。之前他每天都在打的虛擬壁球遊戲也是一樣，要是一直猛力回擊超高速的來球，速度就會無限上升，所以有時也要用球拍的拍面輕輕裹住球，以降低球的力道。

春雪一邊回想這種動作，一邊以手掌貼在敵手的拳頭上，往反時針方向轉動。他沒能完全吸收這一拳的威力，右手的裝甲被擠壓得咿呀作響，但同時也感覺到拳頭的軌道微微偏離。

黑雪公主在這個階段，就已經將攻擊的方向轉了一百八十度，帶得春雪往正後方摔去。春雪當然還沒有這樣的技術，但只要往左下方歪個十度左右，至少就不會被這一拳打個正著。春雪停止呼吸，咬緊牙關，慎重再慎重地將Utan的拳頭捲進旋轉動作之中。

嗤一聲小小的摩擦聲響起，左臉閃過銳利的灼熱感，ＨＰ計量表被削掉了幾個像素的長度，但巨大的拳頭只一瞬間在春雪的頭盔上掠過，接著就往後方遠去，同時Utan的上半身也微微失去平衡。多半是因為他的體格只有手臂與肩膀異常發達，起身攻擊時重心就會變得太高。

察覺到這點的瞬間，春雪無意識中掃出右腳，往Utan短短的雙腳掃去。

「嗚响？」

草綠色虛擬角色一聲慘叫，整個人往前栽了個筋斗，整個背部摔在草地上，發出娑的一聲撞擊聲。看樣子高草成了軟墊，讓傷害變得比較小，但Utan的ＨＰ計量表仍然短少了幾％。

——成功了，至少看起來有點像四兩撥千斤！

春雪一瞬間暗叫痛快，但要高興還太早了。Utan再次深深潛進草浪之中，只傳來高速移動而發出的沙沙聲，肯定是想再來一次奇襲。春雪慢慢放低姿勢，將注意力集中在知覺上。

第二下來得很快。短短幾秒鐘之後，這次從正後方傳來了一股踏步上前的振動。春雪的右手比轉動的視線更早伸出，在覺得摸到物體的瞬間，就將對方捲進往外畫圓的動作之中。

等視線追上動作，隨即看見左直拳被撥開而再度失去重心的Utan。他試圖強行拉回拳頭的軌道，但左腳伸直之後重心更往上飄，春雪反射性地將左手也貼上Utan的拳頭，就這麼將他的手臂扛到肩膀上。

「喝！」

一聲短喝聲中，猛力將他摔了出去。Utan飛得比上次更高，在空中翻著筋斗，一頭栽進草叢裡。看來天然的軟墊這次同樣沒能完全吸收衝擊，在一陣傷害特效之中，只見計量表被削減了將近一成。

Bush Utan維持雙腳從草叢上突出的倒栽蔥姿勢好一會兒，隨後以臂力彈跳起來，翻了半圈站好。本以為他又要鑽下去，但他卻退開幾步，伸手朝春雪一指：

「唔响响，不愧是Ash大哥永遠的好對手的咧！」

沒料到他會說出這樣的台詞，讓春雪連連眨眼，說出不太輪轉的台詞：「咦……是、是這樣喔？」所幸Utan似乎並不在意，繼續大喊：

「還挺會搞這種耍小聰明的防禦招式嘛！我還是第一次在『草原場地』上FA（First Attack）失手的咧！不過如果你以為你已經贏了，那就大錯特錯的咧！只要放棄站立攻擊，改用地板招式，我在這個場地上真的是所向無敵！」

「嗚！」

他這句話或許沒說錯。儘管好不容易領悟了黑雪公主直傳的「以柔克剛」，但這種手法在原理上就無法應付摔技或關節技。要是在草叢下被他壯碩的手突然抓住腳，肯定會二話不說演變成春雪不拿手的地板對決。

然而Utan卻對心下著急的春雪搖搖右手食指說：

「可是如果現在用了地板招式，各位觀眾一定非常不滿吧？畢竟這樣一來就什麼都看不到了。」

聽他這麼說，春雪朝四周一看，發現除了在稍遠處看著春雪的四埜宮謠——「Ardor Maiden」與狀似還在移動中而沒有現身的另一個對手「Olive Glove」之外，還可以看到三、四名觀眾。由於附近完全沒有較高的地形，所有人都同樣站在草原上。Utan說得沒錯，不管春雪跟他在草叢底下扭打得多激烈，他們都什麼也看不到。

「……那你打算怎麼辦？啊，我先跟你講清楚，要比腕力來決定勝負的話我可不奉陪！」

春雪搶先這麼一說，Utan就以右拳打在張開的左掌上說：

「哦哦，這主意好的咧！不過很遺憾的，憑你那細得像竹竿的手臂，跟我這燃燒的肌肉根本沒得比啊。所以啦，這次我就要拿出才剛拿到的新招的咧！」

「新、新招？」

這就讓春雪不由得緊繃起來。據春雪所知，Bush Utan的武器就只有兩種，一是他發達的雙臂所具有的力量，二是消耗必殺技計量表來讓手臂可以伸長三倍以上的能力。由於他的等級和上週打過時一樣是3級，自然不可能得到新的必殺技或是能力。既然如此，那他一定是用點數買了強化外裝，再不然就是自己構思出了新的戰法。不管是哪一種，都必須全神戒備。

春雪放低姿勢，全身神經緊繃，Utan則不當一回事地朝他走近，發出挑釁意味更加濃厚的台詞：

「唔齁齁，如果你是以為可以像上次領土戰那樣贏得輕輕鬆鬆才跑來找我打，那你一定會後悔的咧。我已經不是上個星期的我了，看了可別嚇到……這就是，我脫胎換骨之後的力量的咧！」

他停下腳步，大動作交叉雙手，蓄勢一瞬間之後才猛力往左右一張，同時大喊：

「『ＩＳ模式』發動！的咧！」

I……ＩＳ模式？

聽到對方喊出這個從來沒聽過的招式名稱，春雪更加緊繃神經，做好即使對方突然使出遠程攻擊也能閃躲的準備。

但接下來發生的現象卻超出他的所有預測。

一個奇妙的物體喀啦一聲，從Bush Utan那草綠色胸部裝甲的正中心冒了出來。那是一個直徑五公分左右的黑色半球，儘管有著深沉的光澤，但並不是金屬材質。那種光澤像是塑膠，不，應該說更像生物特有的水潤光澤。

緊接著發生的事立刻證明了這個印象非常正確。半球的表面就像人睜開眼瞼似的，從中央分成上下兩半。底下出現的「眼睛」有著鮮血似的深沉紅光，一動也不動地注視著春雪。

緊接著……

Bush Utan全身發出一股駭人的強大壓力，讓四周的草都放射性地倒下。緊接著一團黑色的光從胸部的「眼睛」發出，籠罩住他的全身，高聲迸射而出。儘管距離將近十公尺之遠，一股令人刺痛的壓力仍然從春雪的裝甲表面傳了進來。

全身籠罩著一團濃厚陰影般鬥氣的Utan，以顯得異常飢渴的雙眼看著春雪，毫不猶豫地從正面衝來。他在吼叫聲中高高舉起右拳，高聲喊出春雪從來沒聽過的招式名稱：

「喔喔喔喔喔喔……『黑暗擊（Dark Blow）』！」

拳頭發出嗤嗤作響的沉重振動聲，籠罩在一層更加厚實的黑暗之中，就這麼散播著巨大鐵球般的壓力直逼春雪而來。

「唔……」

只要春雪有這個意思，他確實抓得住時機來使出先前那種「四兩撥千斤」，但他突然感到一股無以言喻的惡寒，想也不想就轉為閃避。他猛力往左跳開，驚險地躲過這一拳。

緊接著發生的事情讓春雪瞪大了雙眼，甚至忘了展開反制攻擊。

Utan揮空的一拳穿刺在自己腳邊，緊接著彷彿隕石撞擊似的，在雜草叢生的地面上轟出一個大洞。

對戰場地的地面與建築物或岩石等物件不同，本來應該不可能這麼容易破壞。一擊就打出那麼深的凹洞，威力實在太不尋常。要是剛才試著四兩撥千斤，就得單手承受那麼強大的威力。

——這怎麼回事？是必殺技……不對，是強化外裝？

春雪流露出無言的驚愕，反射性地查看顯示在Utan的ＨＰ計量表下方，看了看那條較細的藍色線條，也就是必殺技計量表。

接著他感受到加倍的震撼，忍不住大口喘氣。

必殺技計量表完全沒扣，不，應該說從一開始就幾乎沒在累積。但Utan全身卻不斷溢出一種帶有紅色燐光的黑色鬥氣。

加速世界裡只有一個詞，可以解釋這種沒有消耗計量表卻持續發光的現象。

那就是「過剩光（Overray）」。在正規的運動命令體系背後，隱藏著另一套虛擬角色控制體系，那就是「想像控制體系」。當堅定的想像通過這個體系時所溢出的訊號，就會被系統當成光來處理，顯現在對戰者的視覺中。

到這時春雪才總算猜到「ＩＳ模式」是怎麼回事。

那肯定是「Incarnate System Mode」的縮寫，用比較習慣的說法就是「心念模式」。現在籠罩住Utan全身的鬥氣，就證明了他已經發動了禁忌的心念系統。

但這到底是為什麼？高手在傳授心念系統前，一定都會先告訴學徒最大的禁忌，那就是不准在一般對戰中動用心念。而且先不說這個，附著在他胸口的那個黑色眼球又是怎麼回事？心念是一種純粹來自使用者精神的力量，照理說應該不需要裝備那種物件。

春雪陷入極度的混亂之中，明知籠罩著漆黑鬥氣的Utan已經從正面殺來，卻沒能立刻反應過來。

「唔……喔喔喔喔喔喔！」

Utan在一陣混著低沉濁音的叫喊中高高舉起右拳。春雪這才驚覺地睜大眼睛，但這時已經來不及往左右閃避。儘管知道危險，但還是只能伸出左手，企圖用「以柔克剛」的手法對應。

「咰喔喔……『黑暗擊』！」

Utan喊出與先前相同的招式名稱，轟然打出一拳。

春雪以手掌迎向這過剩光益發強烈的一拳。

手上寒冰刺骨的感覺只維持了一會兒——

緊接著Silver Crow發出高亢的碎裂聲，左手當場被打成無數金屬碎片。

「咕啊！」

明明是在痛覺已經壓低的一般對戰場地上，春雪卻感受到一陣彷彿神經被人扯斷似的劇痛，忍不住叫出聲來。但Utan的拳頭沒有就此停住，繼續朝他的臉部前進。

春雪拚命扭轉脖子企圖閃避，但對方粗壯的大拇指稜角略過了頭盔的左側。又是一陣火燒般的灼熱感，接著整個人被巨大的壓力一撞，背部重重摔在草地上。

春雪一隻手手肘以下的部分不翼而飛，頭盔也刻下極深的傷痕而迸出火花，整個人在地上打滾。Utan低頭看著他，以沉重的動作收回右手，接著高高舉起左手。

他那對頗為逗趣的面罩上發光的雙眼之中，已經看不到上週對戰——不，應該說到數十秒前他臉上都還浮現的那種光芒，看不到那種熱中於對戰而神采奕奕的光輝。現在這對眼睛裡只看得到飢渴的神色，渴望透過痛毆、破壞春雪，讓他屈服而獲得興奮。

籠罩著黏液狀黑暗鬥氣的左拳第三次打來。春雪拚命撐起背部，在倒地的姿勢下張開兩邊的金屬翼，全力振動十枚翼片。

Utan的拳頭深深貫進零點一秒前春雪身體所在的草叢與地面。春雪在惡寒中看著這樣的光景，同時拚命拉開距離後轉為上升，飛到二十公尺以上的高度，才總算轉為懸停。

他完全搞不清楚狀況，不，應該說不想承認現實。他好不容易才動起僵硬的嘴，擠出幾句話說：

「……U、Utan……為什麼……你這招式，到底……」

而他得到的回答是——

是朝著上空的春雪伸出的巨大右手。面罩下流露出一陣壓低到破音的低吼：

「……飛起來也沒用的咧……」

黑暗鬥氣集中在張得極開的五指正中央，緊接著是一聲帶著點失真特效的喊叫聲：

「『黑暗氣彈（Dark Shot）』！」

一陣沉重的震動聲中，Utan的手掌射出一道漆黑的光束。

春雪的腦子已早越過驚訝的階段，只能茫然地看著黑暗鬥氣的矛頭朝自己進逼。他無意識中振動單邊翼片，在空中滑開身體，試圖脫離光束的軌道，但仍然閃躲不及……

啵一聲鈍重的衝擊下，左邊的翅膀正中央被打了個大洞，金屬翼片就像被槍彈擊中的鳥類翅膀一樣當場四散。接著推力失去平衡，春雪也無暇調整，就這麼墜落在地面上。

如果底下不是厚實的草地，相信體力計量表在這時就已經變紅。但春雪朝減損將近五成的計量表瞥了一眼後，儘管對Utan的心念招式那駭人的威力感到戰慄，仍然勉強坐起上身。

Bush Utan踩得草叢沙沙作響，在春雪身前停下腳步，整張臉笑得十分開心：

「……我的新招式威力怎麼樣啊？很厲害吧？已經完美無敵的咧……」

胸口正中央的深紅色「眼睛」頻頻流過脈動的光芒。春雪承受著那飢渴的視線之餘，發出斷斷續續的沙啞嗓音問說：

「為、為什麼……你到底，是怎麼，得到這種力量……」

冷靜一想就知道，唯一的可能就是有人傳授了他心念系統的用法。就像過去Sky Raker傳授春雪，還有紅之王Scarlet Rain傳授拓武那樣。然而有件事春雪怎麼想就是想不通。

仁子說過心念系統共有四種能力——也就是強化「射程」、「移動」、「威力」、「防禦」的各種能力，而每個人都只能學會跟自己虛擬角色屬性吻合的種類。但眼前的Bush Utan明明屬於在色相環上跟「遠攻的紅色」正好相對的「防禦的綠色」，卻以遠距離光束攻擊打下了空中的春雪，那顯然是「強化射程」的心念攻擊。而且在那之前，他也確實使出了「強化威力」的拳擊招式。這兩種心念不可能並存，就連心念系統的高手仁子，都承認她用不出與自己屬性相反的強化「威力」及「防禦」這兩種心念。

春雪面臨遠超出他理解力的事實，只能整個人癱坐在地上乾瞪眼。

與他對峙的Utan則垂下又長又壯碩的雙臂，朝自己胸口的「眼球」瞥了一眼。他微微動著嘴，吐出了就像小孩子在講悄悄話一般的火熱說話聲：

「……我不是說過這是我拿到的嗎……是一個朋友給了我這個『ＩＳ模式練習套件（study kit）』……縮寫叫做ＩＳＳ套件。」

「給……給你？你說這人給了你……ＩＳＳ套件？」

對方的說明更加出乎春雪意料之外，讓他只能茫然複誦。

練習套件這個字眼他極為熟悉，因為現實世界中的各種教育相關企業，都在販賣形形色色的兒童教育用產品，例如鋼琴練習套件、單槓練習套件、自行車練習套件等等。只要將這些套件安裝到神經連結裝置之中，就可以在全感覺沉潛環境或擴增實境環境下，接受虛擬教練細心的指導。春雪自己也曾經用過「說話方式練習套件」這類產品，只是這段過去他不太想告訴別人。

但現實世界中的企業總不可能在加速世界裡開始販賣「心念系統練習套件」，而且照理說心念的能力也不是靠這種速食的方式就能學會的。而Utan說這個套件不是買的，而是跟朋友要來的，想來多半是有其他超頻連線者告訴Bush Utan說「你可以用這個套件練習心念系統」，然後將那個黑色眼球轉讓給他。

那麼是誰給他的？該不會……該不會是……

「這個……給你這這『ＩＳＳ套件』的人，是……Ash Roller嗎……？」

春雪戰戰兢兢地這麼一問，Utan一瞬間露出奇妙的表情，隨即搖搖頭說：

「……不是的啊。這件事……我還不想告訴Ash大哥。因為大哥他……可能不太喜歡這種東西的啊……」

聽到他這麼說，春雪暗自鬆了口氣。Ash Roller已經得到上輩Sky Raker傳授極為初步的心念概念，他實在不可能會去碰ＩＳＳ這種可疑的玩意。

但他也沒有太多時間放鬆了。Bush Utan將臉湊到春雪面前，以更火熱的聲調說：

「……可是只要我用這個套件練得越來越強，大哥一定也會為我高興，Crow兄你也這麼覺得吧？要是知道一個星期前還被Crow兄痛宰的我，用『ＩＳ套件』得到壓倒性的勝利，大哥一定也會高興得不得了吧？他一定會稱讚我Ｇｉｇａ ｃｏｏ～ｌ，對吧……？」

「……！」

從這麼近的距離看見Utan圓圓的雙眼中那飢渴的興奮神色，春雪銳利地吸了一口氣，反射性地用力搖頭回答：

「……才、才不是這樣。ＩＳ模式……不，應該說心念系統的力量，不該用這種練習套件來學會。你必須先面對自己的『傷痛』，了解力量的意義與來源……一定要從這裡開始，不然你自己反而會被心念的黑暗面吞噬……」

「跟我說教？」

Utan忿忿說出的這句話，讓春雪當場啞口無言。兩人的面罩幾乎抵在一起，這個幾分鐘前還那麼開朗活潑的超頻連線者，以低沉而沙啞的嗓音說：

「……Crow，從你的口氣聽來，你對這種『力量』似乎也多少知道一點……不過啊，你有參加上週的比賽，應該親身感受過才對。那架跑來亂的十號機利用『ＩＳ模式』的力量，一瞬間就讓我們的飛梭還有幾百個觀眾都鏽得破破爛爛，這你應該親身感受過。ＩＳ模式就是有著這麼離譜的力量，有著可以把BRAIN BURST的規則一腳踢開的終極力量。可是有些卑鄙的傢伙明明知道這種力量，卻一直隱瞞不說。到了現在這種時候，才去在意什麼力量的意義，又能派得上什麼用場？不，不只是這樣……搞不好你也是從以前就在對戰裡偷偷用了這種力量，狡猾地贏到今天吧……？」

Utan的右手有如大蛇似的伸來，猛力抓住春雪喉頭，就這麼以壓倒性的力量將他提起。從極近距離下，看得到Utan那對本來應該是綠色的眼睛深處正以固定的頻率閃爍紅黑色的光芒。春雪留意到了這種脈動與埋在他胸前的「ＩＳＳ套件」眼球上的光芒完全同步。

「不變強就沒有意義。不變強就提不高勝率，在軍團裡也只能一直當小弟，沒過多久就會耗乾點數，更不會有人知道加速世界裡少了這麼個小角色。當然像你這種從一開始就有稀有『飛行能力』的人，也許根本沒辦法體會我們這些輸家的心情啦。」

——我能體會，我比誰都更能體會這種痛苦。不管是在現實世界還是加速世界，我從來不曾覺得自己是贏家。

春雪想這麼說，但他還來不及開口，Bush Utan就以十分用力的嗓音說下去：

「……可是，只要有了這種『ＩＳＳ套件』，連輸家也可以變強，不，是可以讓輸家強得不必再當輸家。你也看到了吧？我拿到這玩意還不到三天，已經可以把『ＩＳ模式』用得這麼純熟。只要有這種力量，不管遇到近戰型還是遠攻型都不會輸，也不會輸給軍團裡那些看不起我的傢伙……就連大哥，不，就連Ash Roller我也打得贏。我很強……沒錯，我很強！」

不只是嗓音，不知不覺間連他說話的聲調也產生了很大的改變。

Bush Utan高高舉起抓住Silver Crow喉嚨的右手，大聲吼道：

「我很強……我很強！我連搭檔也用不著！『Olive Glove』，等這場對戰結束，我跟你也要分個高下！讓你知道我跟你是誰比較會用『ＩＳ模式』！Olive，你在哪裡！你要仔細看好我怎麼解決這傢伙！」

難以理解到了極點的狀況，加上Bush Utan整個人都變了樣，讓春雪的思考跟不上狀況，只能在發麻的意識中茫然思考。

Olive Glove，那是Utan在這場對戰中的搭檔。想來應該是他在綠之團的伙伴，但從口氣聽來，Olive似乎也得到了「ＩＳＳ套件」。也就是說，Olive應該也能使用春雪才剛挨過的那些驚人的「全屬性心念」。這麼說來，跟他對敵的四埜宮謠現在怎麼樣了？該不會像自己這樣不堪一擊地被打倒……

春雪正要查看視野上方的體力計量表，卻從右方聽到腳步聲，立刻將臉轉過去。

這時一個陌生的虛擬角色撥開冷風吹拂下搖曳的草叢，慢慢走近過來。

裝甲是名符其實的綠褐色——也就是橄欖色。他全身都像樹枝一樣細，只有手大得很不搭調。而他的胸口正中央，也跟Utan一樣附著著一個漆黑的半球。

但這眼球的眼瞼幾乎已經閉上，只留一條縫露出內部的「眼睛」。紅光也不規則地閃爍，像是隨時都會消失。

仔細一看就可發現Olive Glove本體的步伐也格外生硬，他頻繁腳步踉蹌，每次都驚險地重新踩穩，這才勉強往前進，簡直像是——像是在逃難。

「……Olive？」

聽到Utan訝異的聲音，這個精瘦的虛擬角色生硬地抬起頭。有著成排縱向縫隙的面罩下，兩隻眼睛瞪得極大：

「……Utan……救……救命……」

沙啞的聲音說到一半就突然中斷，猛然回頭望去，驚懼地伸出右手。一層薄薄的影子狀鬥氣，纏上了他那指節狀似樹根的手指。

「黑……『黑暗氣……』」

咻的一聲輕響，打斷了他喊到一半的招式名稱。

一根不知道從哪兒飛來，籠罩在火焰之中的細長棒狀物體——也就是一支「火焰箭」射穿Olive Glove左胸的聲響。

緊接著虛擬角色全身就這麼碎裂消失，原來他的體力計量表扣到零了。春雪反射性地查看視野上方的四條——不，現在只剩三條——體力計量表。

Bush Utan的體力計量表還剩八成有餘，Silver Crow的則幾乎已經減半，而春雪的搭檔四埜宮謠——也就是「Ardor Maiden」——，則從對戰開始以來，連一個像素的長度都沒有短少。

那種「眼睛」，也就是Utan所說的「ＩＳＳ套件」，在Olive Glove胸口也有出現，所以Ardor Maiden肯定也受到對方以心念攻擊先發制人。先前Olive在最後關頭，就想使出跟Utan同樣的遠距離攻擊「黑暗氣彈」。那不可能是他第一次動用的心念攻擊，然而Maiden身上卻連擦傷都沒有，這到底是怎麼回事？

春雪甚至忘了呼吸，將視線從Olive消失的位置緩緩拉起。

在距離二十公尺以上的地方，有著身穿白衣紅褲的對戰虛擬角色嬌小的身影。她全身裝甲依然明亮，找不到半點瑕疵，但苗條的左手卻輕輕握著一個先前沒有的物體。那是一根幾乎與她身高相同的細長棒狀物，上下兩邊有著平緩的彎曲，兩端綁在一條細細的弦上。那是一張弓。

Ardor Maiden以鏡頭眼若無其事地瞥向失去單邊手臂與翅膀的Silver Crow，以及抓著他喉嚨將他提起的Bush Utan。

她動起左手，慢慢舉起這張大弓，空著的右手放到弦上，輕輕一拉。

緊接著她雙手之間原本什麼都不存在的空間裡，忽然出現了一條火紅燃燒的細線——那是一支火焰箭。謠挺直腰桿，高高舉起右手，以美得讓人看得入神的動作拉緊弓弦。

接著是一瞬間彷彿時間停止似的靜止。緊接著右手忽然間一閃，同時左手腕迅速一翻。

火焰箭勢夾勁風地飛來，深深穿刺在Bush Utan的右手下臂。

「嗚……」

Utan悶哼一聲甩下春雪，用左手拔出火焰箭，緊接著箭就在空中燃燒殆盡。但只這麼一下子，Utan的計量表已經減少了一成以上。

火焰箭威力固然強大，瞄準固然精確，但Ardor Maiden射箭時正氣凜然的模樣，更是震懾得春雪——Bush Utan多半也不例外——當場不能動彈。和風的虛擬角色彷彿滑行似的撥開婆娑作響的草原接近過來。如果光看體型，她比在場每一個人都小，但一股燒灼著空氣的存在感卻讓人完全沒有這種感覺。照仁子的說法，那是一種「強得離譜的資料壓」。

Ardor Maiden走到春雪與Utan身前，雙手握著長弓水平垂下，以稚氣卻堅毅的嗓音說：

「我沒料到事情會這樣。本來在你們這邊分出勝負之前，我都只打算壓住Olive，後來卻非打倒他不可。」

她輕輕搖搖頭，彷彿這無傷獲得的勝利是一大失策似的。接著是一段像是邊思索邊說的獨白：

「『ISS套件』……要是這種東西無限散播出去，事態就非常難以收拾了。非得迅速查出發布者不可……」

謠抬起頭來，以嚴峻的雙眼正視Utan，單刀直入地問了：

「Bush Utan，這是誰給你的？」

草綠色虛擬角色彷彿受到震懾而退開兩步。胸口的「眼睛」似乎與精神狀態同步，開始不規則閃爍，籠罩全身的黑色鬥氣也有多處開始出現劇烈晃動的情形。

Utan連連搖頭，以沙啞的聲音回答：

「我、我不能說……的咧……我答應過，不會說……」

「是嗎？既然答應了人家，那也沒有辦法。」

謠很乾脆地點點頭，繼續以強勁的視線筆直射向Utan，問出下一個問題：

「我敢斷言，這種力量會讓你得不償失。Bush Utan，如果你願意，我的虛擬角色屬性是『火焰』，可以淨化寄生在你身上的異物。現在還來得及。很遺憾的Olive拒絕了我……不知道你怎麼說？」

春雪沒能立刻聽出這段話中所包含的事實有多麼重大。

過了一秒鐘之後，他才驚訝得瞪大雙眼。

能夠淨化寄生的異物。謠確實是這麼說的。但這種能力沒有這麼簡單就能擁有，以前黑雪公主與楓子就說過惟有稀有的「淨化能力」，才能解除安裝具有寄生屬性的物件。

那麼——四埜宮謠，「Ardor Maiden」就是擁有這淨化能力的人。她是黑雪公主訂立的「災禍之鎧淨化計畫」的核心，能夠去除附著在春雪身上的Chrome Disaster因子。

春雪忘了左手與左翅膀的痛楚，呆呆站著不動，而謠就在他眼前對Utan微微點頭，像是催促他回答。

Bush Utan站在幾公尺外，身上的黑色鬥氣越來越薄弱，以無力的口吻喃喃說道：

「我……我……我只是……想變強……變得像大哥……一樣強……」

他踏上一步。兩隻手無力地垂下，頭部頻頻顫抖，看起來正要點頭，但就在這時……

胸口的眼睛忽然睜成正圓，灰濛濛的紅色劇烈地脈動，而Utan自己的眼睛也與這種脈動同步，多出了紅色的光芒。春雪感覺到這原本應該只是外掛物件的眼球，似乎正在干涉Utan的精神。

「……不行……這力量是我的……是我的力量……我的實力……」

聲音慢慢放低，並開始失真。全身鬥氣又開始增加厚度，慢慢張開的雙手用力握成巨大的拳頭。

「我不會交給任何人……誰都別想偷……不要想從我身上拿走……不行……不行……」

Utan像在說夢話似的低聲說著這幾句話，忽然間用力抬起上身。暗紅色的光線形成細細的長槍，從雙眼與胸口這三個部位迸射出來。

「這是我的力量，我的『ＩＳ模式』！要是想偷走……我就給妳好看！」

說著高高舉起有著濃縮黑暗鬥氣的右拳。

「喔喔喔喔喔喔……『黑暗擊』！」

Bush Utan想從正上方打扁個子比自己更小的Ardor Maiden。

「啊……！」

春雪反射性地想踏入拳頭下方阻擋，但謠搶先舉起左手制止了春雪。同時她空著的右手舉到頭上。比起Utan那巨石般的拳頭，謠的五指簡直像剛萌發的嫩芽一樣細，春雪見狀心想這怎麼樣都擋不住，然而……

下一瞬間，Ardor Maiden的右手發出了微微的橘色光芒。是火焰。一層清澈通透的火焰籠罩住她的小手。

眼看揮下的剛拳就要粉碎她小小的手掌之際，卻發出了鏘一聲巨大的撞擊聲響。衝擊的壓力往外擴散，猛力撼動春雪與四周的長草。但春雪甚至沒意識到這點，只能茫然地看著眼前的光景。

Utan與Maiden的手沒有直接碰在一起。就在五公分左右的間隔中，可以看到黑色的鬥氣與透明的火焰正激烈地互相擠壓，四周更迸出刺眼的白色火花。這是因為他們雙方的想像正競相「覆寫現象」，也就是說Maiden以自己的心念擋下了Utan的心念攻擊。

但雙方的模樣卻有很大的差別。Utan的表情因毫不掩飾的怒氣與殺氣而扭曲，謠則只是靜靜地舉起右手，表情甚至顯得有些悲切。

接著謠忽然開了口，而她說的話更證明了春雪的這個想法。

「Bush Utan，你錯了。心念……也就是你所說的『ＩＳ模式』，這種力量不會因為別人給了就擁有，也不會被別人搶走。心念是發自內心的另一個自己。」

「……少囉唆，少囉唆少囉唆！」

Utan大聲叫喊，跟著舉起了左拳。

但他還來不及揮下左拳，謠右手上的火焰就微微地加強。

緊接著先前勢均力敵的狀態輕而易舉地消散。Utan的拳頭被一股強大的力道彈開，整個人倒在後方的草叢裡。

雙方的強度差異是壓倒性地大。謠所用的心念多半屬於「強化防禦」的類型，本來紅色系虛擬角色通常無法運用這種力量，即使能用也不太拿手，但她卻只靠「過剩光」就彈開了對方的剛拳，可見她實非泛泛之輩。

Bush Utan似乎也察覺到了Ardor Maiden深不可測的實力，並沒有繼續撲上，而是潛進草浪之中。只聽到沙沙作響的聲音畫著圓移動，隨即融入風吹草動的無數婆娑聲中。他並沒有逃跑，多半是想從遠距離發射先前打下春雪的那種黑暗光束。

「……四、不對，小梅，那小子打算用遠程攻擊！」

春雪趕忙輕聲提醒，謠聽了後輕輕點頭，朝春雪走近幾步，環顧四周，接著她堅毅的嗓音再次往草原上擴散出去：

「Bush Utan，還有一件事你也不知道。要動用心念攻擊，就必須做好重大的覺悟，那就是對方可能會以心念反擊。」

謠頓了頓，朝春雪看了一眼，以不經意的口吻輕聲說：

「鴉鴉，只要一次就好，請你擋住Utan的攻擊。我的心念攻擊發動起來比較花時間。」

「知、知道了……等等，咦咦……？」

春雪不及細想就先答應，接著才大為狼狽。要抵擋不知道從哪裡發射的遠距離攻擊，可不是這麼容易的事，甚至可說是不可能的任務。

但謠已經將視線從春雪身上移開，開始集中精神。她雙腳微微分開，閉上眼睛，全身籠罩在一層狀似柔和火焰的過剩光之中。

而她的虛擬身體忽然產生了令人意想不到的改變。

唰的一聲響起，垂在臉頰兩側的頭髮狀零件下滑出了追加裝甲，遮住了整個面罩的部分。這有著平滑曲線的純白裝甲上，只看得見兩道呈上揚弧形的眼線，簡直就像「面具」，不，實實在在就是面具。

這對刻畫在新臉孔上的眼睛看似柔和，但換個角度看又覺得冷酷，至少已經沒有留下絲毫原有的天真。

下一個變化則發生在她左手所握的日式長弓上。

剛看到整把弓籠罩在火焰中，下一瞬間弓的長度卻一口氣縮減到只剩幾分之一。謠將這個燃燒的短棒狀物體換拿到右手，筆直往前伸出。春雪推測那應該是槍械之類的物體，但下一瞬間……

只聽得啪一聲清脆的聲音響起，短棒以手上的一端為中心，展開成薄薄的一片扇狀物體。那是一把「扇子」。別說不是遠程武器，甚至根本不是武器。儘管滿心想喊說為什麼要把好用的弓換成扇子，但事到如今也不能再去打擾她集中精神。

無可奈何之下，春雪只能做好心理準備，不顧一切也要擋下Utan的光束攻擊，將視線往四周掃動。

如果Utan的過剩光是鮮明的原色，即使有叢生的雜草遮住也未必遮得住，但黑色的鬥氣則融入昏暗的光線之中，完全看不見Utan人在哪。而且現在還是一樣聽不到半點腳步聲，照這情形看來，要找出發射地點，將比察覺拳擊要難上好幾倍。

——不對，即使有辦法消除移動聲響，Utan在攻擊前還是得先發出一次多餘的聲音，也就是要「喊出招式名稱」。心念招式不同於正規的必殺技，出招時並不是非喊出招式名稱不可，但不靠發聲來觸發想像又要瞬間發動心念攻擊，可是相當高等的技術，Utan拿到「ISS套件」只有幾天，應該還沒有練到那個地步。

春雪右手手指併攏伸直，將所有知覺能力全都集中在聽覺上。

風聲、婆娑聲，一切的雜訊都從意識中排除出去，一心一意地只等著一種聲音，也就是幾分鐘前Utan留在他記憶當中的喊聲。

非常非常漫長的幾秒鐘過去，春雪的知覺終於接收到了他等待的聲音。

「『黑……』」

這一瞬間，春雪猛然睜開雙眼，跟著大喊：

「『雷射劍（Laser Sword）』！」「『……暗氣彈』！」

兩個招式名稱幾乎在同時喊出。

春雪看準從右後方瞄準Ardor Maiden發射出來的黑暗光束，以右手銳利地往上一斬。銀色的鬥氣從指頭化為劍刃伸長，劍尖碰向漆黑的鬥氣——

一陣直衝耳膜的嗡嗡聲中，黑暗鬥氣的軌道往上方偏開。光束只從謠的肩膀險險掠過，消失在黃昏的天空中。在遠方站起的Utan面罩上閃過驚訝的神色，但虛擬角色隨即再度躲進草叢，以高速移動躲得無影無蹤。

謠要他做的「擋住一次」總算是勉強辦到，但心念招式不會消耗必殺技計量表。嚴格說來使用心念攻擊會消耗「精神力」這種無形的氣力，但Utan的戰意看樣子並未衰減，幾秒後肯定又會再次發射光束攻擊。

春雪不知道該怎麼辦才好，朝身旁的Ardor Maiden看了一眼。

這個小個子的虛擬角色臉上依然戴著面具，慢慢動著右手的扇子，動作簡直像是舞蹈。

春雪一想到這裡，立刻觸動了一段遙遠的記憶。

他總覺得曾經看過這樣的光景。沒錯，是小時候跟父母去一間很大的神社新年參拜時，看到的某種舞台表演。玄妙的雅樂之中，穿著白衣紅褲的女性一手拿著扇子在跳舞，模樣就跟現在的謠極為相似，但仍有幾處不同。以前看到的表演裡，女性沒有帶面具，動作也不像謠這麼有動感。謠的舞蹈緩急變化幅度很大，關鍵處卻又能完全靜止不動，除了「了不起」以外再也想不到其他字眼可以形容。

春雪幾乎忘了對方隨時可能發射光束攻擊，看著Ardor Maiden的動作看得入神。

忽然間，面具的嘴邊發出了響亮的說話聲。她明明不是在喊叫，聲音卻幾乎傳遍了對戰場地的每一個角落。那是一段脫俗卻又強而有力的「歌」。

「『獻歌惠我三分涼』。」

眼前一望無際的草原光景忽然微微晃動。是幻影，不，是火焰。跟籠罩謠全身的火焰有著同樣顏色的光輝，一路覆蓋到整個空間的遠方。這是心念的光芒，也就是「過剩光」，但範圍

實在太廣，比起上週Rust Jigsaw用以破壞「赫密斯之索縱貫賽」的空間侵蝕型心念攻擊「鏽蝕秩序（Rust Order）」是有過之而無不及。

春雪倒吸一口氣，耳裡聽見響亮的歌聲繼續吟唱：

「『免卻心頭三熱苦』。」

整個世界燃燒了起來。

直衝天際的燎原大火從四面八方轟然升起，一瞬間往四周的草原燒開。整個空間發出火紅的光輝，無數火星就像星星似的在傍晚的天空中流動。

看樣子只有以謠為中心的半徑兩公尺內有受到保護，火焰沒有侵入這塊空間。但春雪仍然產生了彷彿全身都被高熱燒灼的錯覺，劇烈地喘著大氣。

Ardor Maiden緩緩動著扇子。凡是她扇子所指之處，火焰都益發凶猛翻騰，不只是雜草，連虛擬的地面都逐一被燒得精光。

這時在火牆的後頭，可以看見一個小小的人影。
是Bush Utan。他全身裹在火焰之中，雙手已經燒得潰爛而不見蹤影。

但不可思議的是，他本人彷彿完全不覺得熱，反而很不可思議地低頭看著自己的身體燒成火柱。春雪反射性地察看右上方的體力計量表，發現這條計量表正以驚人的速度減少，三兩下就減到低於三成，即使已經染成比火焰更濃的紅色，仍然毫不停留地受到削減。兩成、一成，最後終於減少到零。

人形的火焰發出一陣更耀眼的光輝，就此消失無蹤。

春雪茫然地拉回視線，看了謠一眼。

嬌小的虛擬角色仍然強而有力的舞動。春雪默默看著她的身影，感覺到心中的幾個疑問已經得到了解答。

「Maiden」不是只能翻譯成「少女」，同時還意指侍奉天神的巫女。由白與紅構成的裝甲配色會讓他聯想到神社也是理所當然，畢竟謠的模樣就是不折不扣的巫女。

而「Ardor」的意思則是火焰。是比「Fire」更高熱，比「Flame」更劇烈的「劫火」。

Ardor Maiden。

意思就是劫火巫女。

7

六月十八日，星期二。

春雪大口吃完五穀片淋上牛奶這種一如往常的早餐菜色，到母親寢室前報告說要出門之後，快步走出了住家。

今天有久違的太陽露臉，但濕氣仍然很重，讓不快指數一大早就直線竄升，只要小小運動一下，肯定會立刻全身是汗，但春雪仍然以接近小跑步的步伐朝著大樓前的幹線道路前進。

他並不是快要遲到，趕著去的目的地也不是學校，而是位於通學路途中的一個地方。春雪來到環狀七號線上，沒有從平常應該右轉的路口轉過去，而是繼續沿著寬廣的人行道南下。鑽過中央線高架橋，爬上平緩的坡道，幾分鐘後就來到環狀七號線與青梅幹線交會的大路口。春雪走上電扶梯式的天橋，在環狀七號線的道路中央停下腳步，朝視野右下方的時鐘瞥了一眼。現在是上午七點四十五分。

春雪將視線轉往從眼底通過的ＥＶ車流，小聲唸出：

「『超頻連線』。」

啪一聲衝擊聲中，世界凍結成藍色的靜止空間。這是BRAIN BURST程式將發自春雪心臟的量子時脈加以增幅，將意識加速到一千倍而創造出來的「起始加速空間」。

染成青一色透明藍的EV車流乍看之下完全靜止不動，但仔細一看就會看出這些車輛每秒都有前進一公分左右。春雪就在這奇妙的背景下，動著粉紅豬型虛擬角色的手，打開BRAIN BURST的對戰名單，從人數多得有點出乎意料之外的名單上找出他要找的名字，呼出一口虛擬的氣息。接著毫不猶豫地點選下去，並從跳出的選單中選擇「對戰」。

世界再次變了樣。天空從外圍往中央染成一片漆黑，道路兩旁的大樓與便利商店牆壁立刻出現裂痕，車輛也全部消失，路面上開始出現無數的斷垣殘壁、凹洞以及生鏽的汽油桶。

「世紀末場地」的光景還是一樣煞風景，讓春雪不由得露出笑容。他並不是特別喜歡這種場地，但現在再也沒有其他場地屬性更合適了。因為春雪跟他在幾秒鐘前所選的對手第一次「對戰」時，就是在這世紀末屬性的場地進行，而且那還是春雪——也是Silver Crow這輩子第一次的對戰場地。

春雪側耳傾聽，不久就聽見那極具特色的內燃機驅動聲從寬廣的幹線道路北方傳來。水藍色的導向游標幾乎完全不動，所以看來對方應該是引擎全開，筆直往這裡飆來。春雪心中一瞬間受到誘惑，想乾脆像以前那樣躲在天橋上，等對方正要從橋下通過之際往下跳，賞他一記全力俯衝飛踢。

但春雪還是按照原訂計畫，在看到敵人的人影之前就先越過欄杆跳了出來。接著以背上的翅膀慢慢滑翔，輕輕落在路面上。

「奇怪？」

「Crow下去了耶？這是為什麼？」

這些話是三三五五站在遠處大樓屋頂的觀眾說的。春雪放棄難得的有利形勢，想來應該讓他們十分訝異。儘管對這些觀眾過意不去，但春雪這次「加速」並不是為了對戰。

他雙手扠腰等了幾秒鐘後，看到耀眼的車頭燈從黑暗中亮起，V型雙汽缸引擎的咆哮聲猛然拉高。看來對方也發現了春雪，打回低檔準備衝來。然而春雪並沒有擺出戰鬥姿勢來應付對方的攻擊，而是高舉雙手，表示自己無意開打。

所幸對方似乎看懂了他的意思，從黑暗中出現的鋼鐵騎兵前後輪煞車噴出火花減速，上車身各處做過鍍鉻處裡的部分照出橘色的火花，同時後輪一甩，停在春雪的面前。騎手將手從握把上拿開，搖搖手指嘖嘖幾聲說道：

「感覺So bad啊。你自己找我打，卻還沒打就投降？」

春雪看著這位多半是加速世界唯一機車騎手的「Ash Roller」那凶神惡煞般的骷髏面罩，低頭鞠躬對他說：

「對不起，我今天有點事想跟Ash兄談談……」

Ash Roller參加的軍團是領土涵蓋澀谷戰區以南的綠之團「長城」，主要的對戰區域當然也是在澀谷，但不知道為什麼，他在平日早上與傍晚都會在杉並區的對戰名單上出現一小段時間。想來他應該是搭乘走環狀七號線的公車通學，所以就把這段時間拿來「領土外遠征」，但如果真是這樣，這種行為可相當大膽。一旦有人從對戰虛擬角色出現位置的傾向篩選出他所搭的公車，難保不會導致「洩漏現實身分」的情形發生。

但仔細一想，再也沒有哪個超頻連線者比他更適合用大膽或粗獷來形容，於是春雪決定中斷偏離正題的念頭，朝機車走近幾步，放低聲音在他耳邊說：

「還有，如果可以在『封閉模式』談話，可就幫了我一個大忙……」

所謂「封閉模式」，名符其實就是封閉式的對戰，也就是拒絕其他觀眾觀戰。只要對戰雙方都同意，就可以設定成這個模式，但這樣會讓外人覺得太小家子氣，而且「在觀眾面前表現」本來就是讓超頻連線者有心對戰的一大動機，所以幾乎沒有人在用這個模式。

Ash Roller當然也不滿地哼了一聲，但他看出春雪十分認真，小聲回答說：「好啦。」

機車騎士接著環顧四周，以宏亮的聲音大喊：

「ＨＥＹＨＥＹＨＥＹ！各位Ｂｏｙｓ ａｎｄ ｇｉｒｌｓ！難得大家來看大爺我打贏，實在很對Ｎｏｔｈｉｎｇ起，不過這場對戰我要請大家當作Ｎｏｔｈｉｎｇ發生過！」

四周的大樓上立刻沸沸揚揚地抗議：

「咦咦，那多無聊啊！」

「你們就打嘛，好久沒看到Ash對上Crow了耶。」

但儘管他們大聲抗議，當Ash緊接著補上一句離譜到了極點的台詞：

「有什麼辦法！這隻烏鴉說他要找大爺我告白啊！」

抗議的聲浪一口氣轉為如雷的歡呼聲。

聽到鼓掌與口哨聲浪，春雪氣急敗壞地大喊：「哪、哪有！」但要是連這點甜頭都不給，觀眾多半也不肯乾乾脆脆離線。儘管搞不清楚Ash Roller是經過深思熟慮還是不顧前不顧後只想搞笑，但春雪還是無可奈何地低頭鞠躬。

接著伸手點選視野左上方的己方名字，打開選單畫面，從變更對戰模式選單中選擇「封閉模式」，再點選ＯＫ鍵。Ash Roller的視野中應該也有顯示出Ｙｅｓ／Ｎｏ視窗，只見他伸手一點，還在大呼小叫的觀眾立刻籠罩在強光之中消失。

整個場地充滿了一陣簡直像按了靜音鈕似的寂靜，只剩Ｖ型雙汽缸引擎不規則的低沉惰轉聲。

Ash Roller伸出右手去按熄火鈕，讓引擎也停止運轉。

「……好啦，你到底要說什麼？翅膀又不見了？……看起來不像啊。」

「呃……就是……這個……」

春雪煩惱了一陣子不知道該怎麼說明，最後決定照順序說出事實，於是開口說道：

「我昨天跟綠之團的『Bush Utan』對戰……」

但他只說到這裡，Ash Roller就做出了出乎他意料之外的反應：

「你……你說什麼？」

一臉凶樣的騎手從座椅翻到地面上，有著骷髏造型的面罩幾乎都要抵在春雪臉上，大喊：

「在哪裡？幾點發生的事情？」

兩人在路旁找了大小合適的水泥塊坐下後，春雪對昨晚的一戰做了儘可能詳細的說明。

放學後的晚上七點出頭，在杉並第二戰區找了Bush Utan與Olive Glove組成的搭檔挑戰。

對戰剛開始時，Utan還一直貫徹一貫的「我說、的咧」這樣的口氣，到後來裝上了神祕的「ISS套件」之後，態度就粗暴得像是變了個人。

Utan說這個套件是「三天前有人給的」。

唯一沒說的部分，就是與春雪組成搭檔的「Ardor Maiden」的名字與她的能力。那場對戰中另有幾名觀眾，所以想來這些事實遲早也會傳進Ash耳裡，但基本上總是不該把自己軍團戰友的資料胡亂洩漏出去，Ash對此也沒有提問。

Ash Roller聽完花了十分鐘左右的說明後，手放到有著厚重護膝的膝蓋上，身體往前彎曲，深深呼出一口長氣。

「你說那叫做『ＩＳ模式練習套件』……」

他低聲喃喃說完這句話，由下往上看了春雪一眼，簡短地問說：

「這ＩＳ模式，就是那個，所謂的『心念系統』？」

「是……是啊，我想應該就是。Ash兄已經學過心念系統了……？」

聽到春雪問出這個省略很多敘述的問題，骷髏安全帽緩緩地左右搖動：

「我只從師父那裡聽過名稱。之前開發『Ｖ型雙汽缸拳』遇到瓶頸的時候，師父就告訴過我說有這麼個玩意兒，但是我沒有實際修行。該怎麼說……就是我怕了。聽到說有被『心中的黑暗』吞噬的危險，我真的怕了……而且師父現在回到黑暗星雲去了，再要她教我也說不過去。」

Ash Roller所說的師父，就是他的「上輩」，同時也是教導春雪心念的師父Sky Raker。她在今年四月正式回歸老地盤黑之團「黑暗星雲」，所以跟參加「長城」的Ash Roller基本上算是敵人。當然他們自己似乎也不怎麼在意這件事，在領土戰之類的場合也打得十分火熱，但想來Ash處在這種不方便依賴自己「上輩」的立場，心中不免覺得難受。

講這些有點離題，但春雪打算藉機問出一件他從以前就很好奇的事，於是開口問說：

「請問一下……Ash兄為什麼會參加長城？」

「你怎麼突然問這個?嗯~老實說,剛開始我只覺得大軍團真是Fucking,可是我家就住那一帶,而且邀我參加的傢伙人也挺不錯的。實際進去以後,就發現長城裡面的氣氛比藍色還有紫色自由得多了,所以我不後悔,而且軍團長也根本沒說過什麼像是命令或規矩之類的話。」

長城的軍團長當然就是綠之王。春雪一邊回想前幾天在七王會議上窺見過「Green Grande」那徹底沉默寡言的個性,於是同意地點點頭。隔了一會兒,才終於切入正題:

「那,問題是Bush Utan……他該不會是Ash兄的『下輩』吧?」

這個問題對Ash Roller來說似乎十分意外,只見他的骷髏面罩大大後縮,接著連連搖頭:

「怎麼可能?我還不是那塊料,沒辦法照顧『下輩』。Utan那小子的『上輩』……已經不在了。他在今年年初就耗光了點數……」

聽到這句話,春雪背脊一顫,昨晚Utan的獨白鮮明地繚繞在耳邊。

——不變強就沒有意義。不變強就提不高勝率,在軍團裡也只能一直當小弟,沒過多久就會耗乾點數,更不會有人知道加速世界裡少了這麼個小角色……

Ash Roller在不說話的春雪眼前深深嘆了口氣,接著忽然做出令人意想不到的行動。只見他右手按在安全帽上骷髏面罩的嘴邊,喀啦一聲過後,整個面罩彈到臉孔後方。

看到春雪驚訝得上半身直往後仰,Ash Roller用他的「真面目」做出了訝異的表情。

淡綠色鏡頭眼顯得稍細，搭配上下巴尖尖的臉孔板塊，造型看上去像是個讀理科的少年，至少給人的印象跟他平常放聲大笑的世紀末騎士風格有著一百八十度的差異。而從他口中發出的聲音，聲調也出乎意料地纖細。

「……怎樣啦？」

「沒、沒有，沒什麼。」

「……那我要拉回正題了。Utan失去『上輩』的時候還只有1級，該怎麼說，總之後來發生了很多事，自然而然就變成由我負責照顧他了。雖然覺得我不是這塊料，不過總不能丟著他不管……」

「哪裡……你這大哥當得很稱職。」

「誰知道呢……到頭來我可能根本就看不出那小子心裡在想什麼。我是有注意到Utan這陣子有點鑽牛角尖……可是我也有很多事情要忙，就這麼一拖再拖……結果大概從前天起，我就完全聯絡不上他。不管什麼時候上線，他都沒有出現在澀谷的對戰名單上，而且也不回信……沒過多久，我就開始聽到奇怪的風聲……」

「風聲……？」

春雪探出上半身，Ash Roller則再度垂頭喪氣地回答：

「有風聲說Utan跟Olive Glove搭檔，在世田谷還有大田這些人口密度偏低的戰區，用些怪招贏了很多場。所以我昨天才會繞到這些地方去，只是沒想到他竟然會在杉並啊……而且我也沒想到所謂『怪招』竟然會是這麼不得了的玩意，竟然有這種裝上去就能用心念系統的物品……而且還可以轉讓給別人……」

「Ash兄知道可能是哪個超頻連線者把『ＩＳＳ套件』交給Utan他們嗎？」

春雪抓準話頭戰戰兢兢地這麼一問，就看到拉開面罩的安全帽微微搖動：

「……我沒辦法指出是哪一個。如果要我從我知道的範圍內列出跟Utan交情好的有誰，這我倒是辦得到……不過啊Crow，搞不好就算篩選出是誰交給Utan也已經沒有意義了啊。」

「咦……怎麼會呢？那玩意這麼危險，至少也要封堵住來源，不然……！」

春雪趕緊反駁。「篩選出將ＩＳＳ交給Utan的超頻連線者」，正是他要求Ash Roller以封閉模式談話的目的。即使無法立刻篩選出是哪一個人，只要列出跟Utan有過交流的名單，照順序一個個去查，就有可能查出來源是誰。

但春雪這個包含了期望的推測，卻被Ash Roller接下來所說的話當場粉碎：

「你看過的『ＩＳＳ套件』外觀是生物型的物件，這點讓我很放心不下。加速世界裡的生物類的裝備或物品都有一些共通的性質，像是就算壞掉也能自動修復……**或是隨著時間經過而分裂**。如果……如果這種套件的轉讓，是可以**無限複製下去**……」

「啊……！」

春雪先前完全沒想到這種可能性，忍不住驚呼出聲。

Bush Utan說「ＩＳＳ套件」是別人給他的。春雪毫不懷疑地認定只有一名超頻連線者在散播，但仔細一想就發現這種推測沒有任何根據。Ash Roller說得沒錯，如果那種黑色的眼球有著「自我複製能力」，可以任意將複製品轉讓給別人，更別說要是轉讓的行為還可以獲得某種報酬……也許一切都已經太遲了。

就連他們談話的當下，「ＩＳＳ套件」可能都在無限散播，讓越來越多超頻連線者可以使用那有著驚人威力的黑暗系心念攻擊……而且根本沒有人教導他們心念系統到底是什麼樣的東西。當然這些人也不會知道最優先的大原則──「只有受到心念攻擊的時候才能動用心念」，而是會在對戰中一用再用。這樣一來，BRAIN BURST這個對戰格鬥遊戲等於已經崩潰。構思能善用場地屬性的戰略或發揮自身能力的戰術都將失去意義，只會一次又一次地展開遠距離就用「黑暗氣彈」，近距離則改用「黑暗擊」的對轟戰。

這煞風景的未來預測圖讓春雪全身顫抖。

他想找出可以否定這個預測的材料，但Ash Roller卻又喃喃說道：

「其實啊……這種說有人突然開始用『怪招』的風聲，除了Utan跟Olive以外我還聽過兩三件差不多的例子，而且聽說其中一個還是在江戶川區那一帶出沒。聽了你說的情形，我之所以會覺得ＩＳＳ的來源不只一個，就是因為先聽過這些風聲……」

「江、江戶川區……？」

春雪茫然地複誦。從Utan大本營所在的澀谷與世田谷一帶看去，江戶川區是位於隔著皇居的另一頭，這未免太遠了點。這樣一來，套件是以大量擴散而非一對一發給的可能性就大為提高。

——到底是誰？又是為什麼？

春雪在口中苦澀地咀嚼這個從昨晚就不知道想了多少次的疑問。

當然他根本想不出答案。當他垂頭喪氣，茫然地低頭看著自己在汽油桶的火焰照耀下搖曳的影子，Ash Roller低聲說道：

「真的聊起來，三十分鐘還挺短的啊。」

春雪反射性地查看視野上方的倒數讀秒，發現從一八〇〇開始倒數的數字，已經只剩不到三〇〇秒。當然他們也可以從對戰名單重來一次，但再講下去多半也只是在沒有證據的情形下繼續推測。

春雪決定對Ash接受他唐突的談話邀請一事道謝，為這場談話收尾，於是正要低下頭去。

但Ash Roller卻搶先喀啦一聲放回安全帽上的骷髏面罩，以特效強度增強的聲音很快地說道：

「Crow，最後我也有幾句話要先跟你講清楚。」

「咦……是什麼事？」

「呃～唔～……其實這話題也不是說該由大爺我來跟你說啦……不過沒時間了，我就不拐彎抹角了。你這個星期對戰的時候，有沒有覺得哪裡奇怪？除了Utan那次以外。」

「咦，覺得哪裡奇怪……？」

春雪立刻掃描自己的記憶，但並沒有發現有什麼異樣。包括三天前的領土防衛戰在內，這一週來他進行了二十次左右的正規對戰，但昨天跟Utan的一戰留下的印象實在太強烈，相較之下其他對戰則已經幾乎讓他連輸贏都想不起來。春雪想不通他為什麼這麼問，乾脆直接問出疑問：

「沒有……我覺得每一場對戰都很正常……你說的奇怪是哪裡奇怪？」

結果Ash Roller再次顯露出奇妙的猶豫，這才生硬地回答：

「就是『正常』才奇怪啊。」

「正、正常才奇怪？——呃……對不起，我從上週比賽結束後就多了很多事情要擔心，老實說沒打幾場對戰……」

所謂要擔心的事，當然就是前天舉辦的七王會議，以及會中討論到的議題，也就是對Silver Crow的處置。如果無法在一週內淨化寄生在虛擬角色身上的「災禍之鎧」因子，春雪實質上就會被放逐出加速世界。沒錯，仔細一想就會發現，春雪或許無法親眼看到「ＩＳＳ套件」即將帶來的大混亂……

——想到這裡的瞬間，春雪這才猜到Ash Roller到底想說什麼。

正常才奇怪。沒錯，一點兒都沒錯。本來春雪應該處在無法正常對戰的立場，因為一週前舉辦的「赫密斯之索縱貫賽」中，Silver Crow在多達一百人以上的觀眾面前化身為「Chrome Disaster」。照理說春雪就是那詛咒之鎧第六代持有人的消息應該早已傳遍整個加速世界，即使遭人拒絕對戰或謾罵也不奇怪。

但這一週來跟他對戰過的超頻連線者，甚至連昨天打過的Bush Utan，都彷彿對春雪變成Disaster的消息完全不知情。正常來說當然不可能會有這樣的情形……

「沒錯……的確，很奇怪。不管哪一次對戰……大家都完全沒對我提起這件事……」

春雪以沙啞的聲音說到這裡，Ash Roller就很快地說出了答案：

「這原因就是啊，當時看到你跟那個鐵鏽小子打鬥情形的一百多個觀眾，都在離線前同意了一個協定。」

「咦？協定？什麼協定？」

春雪不明所以地反問，Ash Roller於是說出了驚人的協定內容：

「就是『關於在赫密斯之索裝備災禍之鎧這件事，今後一概不怪罪Silver Crow』。」

「……咦……」

「原因很簡單……因為你拯救了整場比賽。因為整場活動本來已經被那鐵鏽小子搞得玩不下去，但是你在最後關頭幫我們從他手裡把比賽要了回來。所以在場觀眾裡雖然沒有哪個人特別提出來講，但是大家很快就達成了協議，全場一致通過，說好針對那唯一一次的變身要保持沉默，也不去想你是怎麼得到『鎧甲』……聽說是這樣啦。這一個星期的對戰裡，連Disaster的D字都沒有一個人跟你提起，原因就在這裡。」

「……」

過度深沉的驚訝與某種更加澎湃的情緒撼動下，春雪只能默默瞪大雙眼。

看到Silver跟Rust Jigsaw打鬥的觀眾多達一百名以上，相信其中也有不少人是諸王軍團的成員。對他們來說春雪應該是敵人，他們本來應當大肆抨擊召喚出「災禍之鎧」的春雪，但他們卻，他們卻……

「……我們參加的軍團確實不一樣，但更重要的是我們都是超頻連線者。就是這麼回事。」

Ash Roller斷斷續續說到這裡，仔細凝視著春雪，以前所未有的認真聲調說下去：

「Crow，因為這樣的理由，目前大家對你的反感都沒什麼大不了的。我也從長城高層的人口中聽到『七王會議』下的決定，就連這個決定也有人覺得已經太嚴格了。我要你明白這一點，然後仔細聽我說……」

說著微微一頓。春雪預感到他接下來要說的話肯定不是好事，以壓低的嗓音催他說下去：

「……什麼事？」

「——我聽到的謠言還有下文。聽說Utan跟Olive用的『怪招』……**是從Chrome Disaster的能力複製出來的……**」

春雪結束這場與多半是搭乘環狀七號線公車的Ash Roller之間非正規的封閉式對戰之後，過了天橋繼續往南走，朝著學校前進。

往西走在青梅幹線的其間，甚至進了校門，換好鞋子，來到自己教室的座位之後，賴在腦子裡的震驚與疑問仍然遲遲沒有但去。

Bush Utan他們所用的怪招，也就是透過「ＩＳＳ套件」使出的心念攻擊，是從Chrome Disaster的能力複製出來的。

不可能會有這種事。他從來沒聽過可以複製一個人的能力，然後內建在寄生物品之中。不過真要說起來，寄生與淨化等等的設計，他也是到最近才知道的。即使加速世界裡還存在著許多春雪不知道的運作邏輯，也沒什麼不可思議的。

而且「黑暗擊」與「黑暗氣彈」的那種黑色過剩光，與災禍之鎧隨時裹著的一層黑暗鬥氣，確實非常相似……

春雪在硬質樹脂材質的椅子上全身一顫。先不論這個消息是真是假，一旦這樣的謠言廣為流傳出去，同時ＩＳＳ套件也繼續繁衍，熱愛加速世界的超頻連線者對於身為Chrome Disaster第六代持有人的春雪，一定會產生爆炸性的憤怒。就連赫密斯之索縱貫賽的觀眾所訂立的協定，肯定也會三兩下就被拋諸腦後。不，這群人反而會覺得遭到春雪背叛，難保不會對他產生莫大的憎恨。

「……事情為什麼會弄成這樣……」

春雪聽著遠方響起的上課鐘聲，無聲地自言自語。

現在這種危機四伏的狀況，到底是從哪裡開始的？總覺得除了七王會議的裁決以外，在別的地方還另有一股看不見的力量企圖逼得春雪無路可逃。這只是不幸的事態碰巧接連發生，還是說有人在背後操盤……？

如果是後者，這種準備周全，對情報操作自如，一步步逼得人無路可逃的手法，會讓他強烈地想起某個人物。這個人就是今年春天以新生身分進入梅鄉國中就讀，出現在春雪眼前，以惡魔般的手法企圖讓他身敗名裂的「掠奪者」。

春雪抬頭瞥了一眼天花板，想著天花板上頭的一年級教室，立刻微微搖頭。

這個人絕對不可能再次展開行動。任何人只要喪失所有超頻點數，因而被強制反安裝BRAIN BURST程式，就會失去所有與加速世界有關的記憶。春雪在最後那場決鬥的隔天就跟他直接談過，親眼見證了這條隱藏規則。

然而如果他的手法是從別人那裡學來的呢？

如果他的「老師」這次終於親自展開行動，又會怎麼樣呢……？

「小春。」

被人在右肩輕輕一拍，春雪幾乎整個人都跳了起來。猛然轉過頭去一看，他看到的是好友在藍框眼鏡下連連眨著眼睛的臉孔。

「……阿拓。」

「怎麼啦？要換教室了。」

聽到從小一起長大的朋友，同時也是同軍團戰友的黛拓武這麼說，春雪趕忙看看四周。看樣子早上的班會時間已經在不知不覺中結束，班上同學正陸陸續續走出教室。星期二的第一堂課是音樂課，所以必須換到有隔音設備的音樂教室去上。

「啊……對、對喔。」

看到春雪慌慌張張站起，拓武忽然間皺起眉頭，彎下修長的身子在春雪耳邊說：

「……小春，如果你是在擔心被懸賞的事情，昨天我也說過，你不用擔心。我還有小千、楓子姊，當然軍團長也都一定會保護你。」

「嗯、嗯嗯……我才該說抱歉，讓你們擔心了……」

春雪勉強露出微笑，開始帶頭往前走，同時心下思量。

拓武多半還不知道「ＩＳＳ套件」的事，而且應該也不知道有謠言說那是複製Chrome Disaster能力的物品。然而只要放學後有照往常那樣去對戰，相信遲早總會聽到消息，最好還是在這之前就由春雪先說明清楚。沒錯，不只是拓武，還有黑雪公主及其他軍團成員也是一樣。

春雪來到走廊上，用手肘朝走在身旁的拓武手臂頂了頂，低聲回答說：

「我說啊……今天社團活動結束後，麻煩來我家一趟。我有些事想跟你說，可是在學校的時間大概不夠。」

「……好。」

春雪對沒有多問而立刻點頭的拓武心懷感謝，更補上幾句：

「小百那邊可以麻煩阿拓去說嗎？我會寫郵件通知學姊跟楓子姊。」

「時間呢？」

「我看一下，六點半。」

「了解。」

兩人一拍即合地迅速談妥，春雪這才覺得緊貼在背上的惡寒慢慢遠去。他用力握住雙手，在心中說給自己聽。

──我不認輸，我才不會認輸咧。我有這麼可靠的同伴，不管是誰在策劃什麼陰謀，也不管陷入什麼樣的狀況，都折不斷我的鬥志，絕對折不斷。

但緊接著拓武丟出的幾句駭人的台詞，卻讓春雪聽見了心中某種東西喀啦一聲折斷的聲響。

「對了小春，記得接下來的音樂課要發表獨唱的課題，你練了沒有？」

8

放學後。

第一堂音樂課的獨唱發表，再加上第五堂體育課打的是他最不會打的壘球，讓春雪身心兩方面都受到了重大損傷，全身無力地走向位於後院的飼育屋。

由於小木屋已經打掃完畢，今天日誌檔案上所指派的任務，只需由委員長春雪一個人進行。他本來還抱著小小的期待，希望能從昨天三兩下就跑回家的同僚濱島與井關口中聽到熱情的感謝與慰勞，但剛才在樓梯口卻只聽到極為單純的句子：「委員長你很拚嘛」「辛苦了」。

「……算了啦算了啦，男人本來就不該要求別人感謝……」

春雪以這種距離硬漢十分遙遠的語氣嘀咕了兩句，同時從昏暗的舊校舍後面穿過，一路走到小木屋前。

由於曬了一整天太陽，小木屋的地磚已經完全乾了。堆在鐵絲網前的大堆陳年落葉也比昨天乾燥得多，看這樣子明天就可以裝袋拿去丟了。

見證自己的工作成果確實會讓人覺得十分充實，春雪就這麼站在原地看著小木屋看了好一會兒。

因此當視野正中央突然出現要求以無線方式連線的視窗時，春雪幾乎跟昨天一樣吃驚。他整個人一瞬間驚訝得往後仰起上身，接著才環顧四周，在有段距離的地方找到了站在那兒的嬌小人影。她有著剪得整整齊齊的瀏海與紮得很緊的馬尾，身穿純白的連身裙式制服，背上背著咖啡色的書包。是就讀姊妹校松乃木學園國小部的四年級生——四埜宮謠。

「啊，妳……妳好。」

春雪打著招呼的同時，趕緊點選邀請視窗裡的ＯＫ鈕。緊接著自動跳出的聊天視窗上立刻綳出多行文字：

【ＵＩ＞有田學長好。對不起我來晚了。我去貴校的管理部請他們接收用品跟登記資料，所以花了點時間。】

她的打字速度還是快得跟鬼一樣。春雪看了兩次這段輸入速度快得讓肉眼跟不上的文章，但一時看不太懂內容，於是抬起頭問說：

「咦……接、接收用品？是接收什麼……？」

說到這裡，春雪發現謠的腳邊放著一個相當大的手提箱。整個箱子是用堅硬的樹脂製成，所以看不見裡面裝了些什麼，但如果這是謠用手提來，想來一定相當吃力。

「啊，就是這個嗎？要拿出來的話我來幫忙。」

說著春雪就要朝箱子走去，但謠卻立刻伸出右手擋在身前，同時只用左手打字：

【ＵＩ＞不是這個箱子。這麼說很過意不去，可是請學長暫時不要接近這個箱子，理由我晚點會說明。至於用品……現在來的應該就是了。】

她說，不，應該說她寫得沒錯，春雪聽見了一陣踩著地面的腳步聲。轉動視線一看，走來的是一名穿著貨運業者制服的年輕男性，雙肩上扛著兩根像是細長木棒的物體。

「請問貨是送到這邊嗎？」

聽業者這麼問，謠迅速動了動雙手。看樣子她跟這位送貨員也有建立無線連線。

【ＵＩ＞是。麻煩搬到這邊的小木屋裡面。一株放在左邊，另一株放在右邊，都要靠裡面。】

「好的。」

送貨員很有精神地應了一聲，大步從春雪眼前走過。他左右肩膀各扛著一根物體，看起來像是樹木，不，真的就是樹木。長約一公尺又八十公分的樹幹部分前面，還有著幾根彎曲延伸的細樹枝。樹枝上沒有樹葉，底部則加裝了看起來十分沉重的支柱。看樣子這不是活的樹，而是樹木做的加工品。

送貨員從已經開著的入口靈活地搬進了兩株很長的樹木，設置在小木屋裡頭陽光曬不到的部分，接著回過頭來。謠以打字方式指定詳細的位置：

【ＵＩ＞這一株再往右二十公分左右……好，那裡就可以了。】

送貨員走出小木屋，送出簽收用的投影視窗，謠就在上頭加上了電子簽章。送貨員喊了一聲：「謝謝惠顧！」接著就快步跑開，只剩下春雪、謠、神祕的樹木以及神祕的箱子。

春雪隔著鐵絲網，茫然地看著業者送來的高大樹木。

兩棵樹樹幹的直徑應該都有七、八公分，但表面磨得十分光滑，怎麼看都不是新買的。想來應該是要供住在這間小木屋的動物用，但仔細一想才發現她還沒告訴春雪動物的種類。

一般學校裡的飼育委員會，養的都是兔子或小雞。但既然會需要這麼大的樹……難道是猴子類的？還是變色龍？該不會是樹懶那類的？

【ＵＩ＞那我要送牠進小木屋了。我想牠有好一陣子都會飛來飛去，所以我一進去就請把門關牢。】

春雪反射性地朝大型手提箱看了一眼，也就是說裡頭就是要養的動物了。而所謂有好一陣子都會飛來飛去——就表示養的是鳥類，搬進小木屋的則是「棲木」。

仔細一想，小學的飼育委員會實在不可能養猴子或變色龍，想來一定是鸚鵡或九官鳥之類的，最大也不過跟鳳頭鸚鵡差不多。

春雪看著謠慎重地搬著手提箱，內心微微覺得自己白緊張了，等她進了門之後，春雪忽然問說：

「四埜宮同學……請問一下，我也可以進去嗎？」

謠聽了後一瞬間露出思索的模樣，接著點點頭說：

【ＵＩ＞應該沒關係。不過不可以嚇到牠，所以要請你靜靜站著不要動，因為牠有點膽小。】

「嗯、嗯，了解。」

春雪跟著謠走進小木屋，輕輕關上架著鐵絲網的門，接著從內牢牢扣上滑動式的鎖。

謠也重新看過，確定門已經鎖好，才將手提箱放到地板上，接著放下書包，從裡頭拿出一種讓春雪覺得陌生的物體，那是一隻看起來十分牢固的皮革長手套。她以熟練的動作將手套套上左手，手掌握緊兩三次。

接著面對箱子蹲下，輕輕打開裝在側面的滑動式箱蓋。謠左手戴著這彷彿ＲＰＧ裡戰士型職業會裝備的「皮手套」，小心翼翼地將手伸進一片漆黑的箱子裡

春雪一邊看著謠，一邊興奮地想著不知道是不是鸚鵡，不，既然需要用到那麼厚的手套，應該是比較大的鳳頭鸚鵡。謠朝箱子裡看去，似乎在對裡頭說話。當然她沒有出聲，嘴唇也沒有動，但春雪仍然覺得聽見她在對裡頭輕聲細語地呼喚。

幾秒鐘後，謠小心翼翼地抽回左手。先抽出手腕，再來是手背與輕輕伸展開來的手指，接著更露出了牢牢握住她手指的兩隻腳。春雪猜得沒錯，是鳥類。羽毛的顏色是近乎純白的灰

色。體型算得上大，但稱不上巨大，全長應該是二十公分出頭。那看來多半是鳳頭鸚鵡——

但他猜錯了。

謠慢慢站起，停在她左手指頭上的鳥跟春雪四目交會。這一瞬間，春雪差點就要尖叫出聲，趕緊拚命忍住。

圓滾滾的臉孔下半部有著大幅度彎曲的喙，以及從頭部兩側突出的耳朵狀翅膀。而最具特徵的，則是有著金紅色瞳孔的兩顆圓滾滾的眼睛。

這是貓頭鷹，不對，是角鴞。說穿了就是一種猛禽，是肉食類的鳥，會獵殺獵物，打起架來一定比烏鴉還強的火爆分子。

當然春雪並不是第一次看到這樣的鳥類。很久以前父母帶他去的上野動物園裡，應該就有體型更大的貓頭鷹，以及比貓頭鷹更大的鷲鳥。然而在沒有任何柵欄阻隔的空間裡，而且還是在只有一公尺半的極近距離下跟這樣的鳥類面對面，又是另一回事了。看在春雪眼裡，總覺得這隻角鴞似乎都可能撲上來，猛啄他的臉頰肉當點心。

春雪困在這樣的想像中，全身從頭到指尖都定格不動，不敢將視線從角鴞的大眼睛上移開，就在這時——

視野下方的聊天視窗上跑出了一串櫻花色的文字。

【UI＞不用這麼害怕，現在反而是牠比較怕你。】

「咦……是、是這樣嗎？」

春雪以極小的聲音說完這句話，肩膀的力道微微放鬆，結果角鴞也微微放鬆了眼神，圓滾滾的頭微微一偏。這種模樣出乎意料的可愛，讓春雪無意識中嘴角一鬆。

「這……是角鴞對吧？是什麼品種？」

春雪小聲一問，答案立刻顯示出來。

【UI＞叫做白臉角鴞。不是日本原有的品種，是為了當成寵物而透過進口或人工繁殖出來的。】

「是喔……也就是說，這是松乃木國小的飼育部買的？」

春雪問這個問題時，心裡正佩服地想說千金小姐讀的學校就連養的動物也不一樣，但謠卻輕輕搖了搖頭回答：

【UI＞不是這樣的。事情有點複雜，說來話長，以後有機會我再好好說個清楚。】

春雪點點頭，又朝角鴞看了一眼。牠在小木屋內東張西望的模樣，確實顯得有點不安。然而仔細一想，牠可是從住慣的住處被帶來一個陌生的地方，會覺得害怕或許也很正常。

春雪過去從來沒養過寵物，甚至不記得有碰過別人家裡養的動物，因此這還是他第一次像這樣去推測眼前的動物有什麼感覺。

「……不用害怕。」

不知不覺間春雪已經輕聲開了口。

「這裡就是你的家。我跟四埜宮同學已經拚命打掃過了。只要待在這裡，就沒有人會欺負你。」

春雪非常清楚安全的容身之地被剝奪是多麼難受，多麼可怕。去年情形最糟的時候，春雪在現實世界裡可以容身的地方就只剩舊校舍三樓的男廁隔間，在虛擬世界裡則只有校內網路的虛擬壁球遊戲區。

但後來有一天，一個人物突然出現在春雪眼前。她拍動黑色鳳尾蝶的翅膀，將他從深淵裡拉了上來。從那一瞬間起，春雪的日常就全面改觀。他從此開始認識到廣大的新世界，與許多人接觸，得到了寶貴的容身之地。

眼前的角鴞，不，應該說白臉角鴞，就因為冷酷的企業經營鐵則而被搶走住家，甚至還差點遭到安樂死的處理。然而靠著謠拚命的努力，牠終於得到了現在這個新家。我也要盡我的微薄之力，讓牠這次可以在這間小木屋裡幸福地過完一輩子——也不知道春雪的這種心情有沒有傳達給白臉角鴞知道。

只見白臉角鴞忽然間張開雙翼，從謠的左手猛然飛起，在四公尺見方的小木屋內畫著圓飛來飛去。

牠在夕陽照耀下，拍動有著白灰兩色羽毛的翅膀飛翔，模樣美得令人忘了呼吸。明明只是短短幾秒鐘，春雪卻覺得身體變輕，彷彿自己也跟著牠一起飛翔。不久白臉角鴞以強健的雙腳抓住左側的棲木，拍動翅膀兩三次，穩穩停住身體。

接著牠瞇起大大的金紅色雙眼，像是耳朵的翅膀輕輕一倒，舉起右腳做出金雞獨立似的姿勢，就這麼像是睡著了似的不再動彈。

【UI＞看樣子牠很中意這裡。】

聽謠這麼說，春雪也小聲回答：

「是、是嗎……那太好了……」

【UI＞說不定都是因為有田學長對牠說了這麼溫馨的話。謝謝你。】

謠先打完這段字，接著甩動馬尾對春雪低頭致謝。春雪趕緊連連搖著頭部與雙手說：

「哪、哪兒的話，都是靠四埜宮同學做了這麼多的努力。別……別說這個了，對了，這隻白臉角鴞叫什麼名字？」

春雪這麼一問，謠抬起頭來眨了幾次眼睛，接著才笑著回答：

【UI＞我都忘了還沒說出這麼重要的事情。牠的名字叫做小咕。這是我們全校投票決定的。牠是公的，多半是三歲左右。】

如果是貓頭鷹，取名叫小咕就很單純，但角鴞也是咕咕叫的嗎？而且貓頭鷹跟角鴞到底哪裡不一樣？

春雪在腦內捲動這些疑問，沒能立刻注意到謠的說明文當中更應該注意的地方。等到覺得不對勁，謠已經抱著手提箱走向出口，春雪也只能從後跟上。

為了不讓角鴞小咕飛出去，開門關門都要十分慎重。一來到小木屋外，謠就從手提箱底部拿出一個小小的塑膠容器，從水龍頭裝了水之後又進去屋裡，輕輕放在樹幹下，再回到外面來。

【UI＞這樣今天就可以上鎖了。洗澡用的小水池跟管理體重用的感應器，就等到明天再來設置。】

「那……那不用餵牠吃東西嗎？」

【UI＞今天在從原本的小木屋搬出來的時候就已經餵過了。基本上一天只要餵一次，所以每天放學後我都會來貴校餵牠。】

謠昨天的確說過：「牠的情形有點複雜，得由我餵才肯吃東西」。春雪心想不知道這情形是怎麼個複雜法，同時先前心中一個小小的疑問也重新浮現出來。春雪將聊天視窗往上捲動，重新看了一次謠的發言。在寫著小咕名字與性別的文章最後，確實寫著：「多半是三歲左右。」

學校飼養的動物會有年齡不詳的情形嗎？春雪心下納悶之餘，決定還是先完成本日飼育委員長的任務。

他打開自己的書包，拿出來到這裡之前就先跑去第二校舍一樓事務室領來的東西。那是個全新的不鏽鋼製U字形電子鎖。開啟電源並接上神經連結裝置之後，輸入只有通知飼育委員的開鎖密碼，接著鎖就喀啦一聲打開。

將U形部分穿過小木屋門上的金屬扣環，再扣回鎖的本體，鎖就自動重新鎖上。春雪拉了拉鎖，確定鎖已經鎖牢，接著轉過身去面向謠說：

「那開鎖密碼也先給四埜宮同學一份吧。」

【UI＞麻煩你了。】

說著從鎖的選單視窗裡複製密碼傳送給謠。這樣一來即使春雪不在，謠也可以自己來餵小咕。本日的委員會活動就此結束，春雪在日誌上簽章，提報到校內網路。

最後再朝靜靜站在小屋昏暗處的白臉角鴞看去，看到牠的一對大眼睛看了春雪一眼，接著又再度閉上。

——以後我也要照顧小咕。我有這個責任，要努力讓牠能在這裡過得開心、安穩。

一想到這裡，就覺得有種嚴肅的緊張感，同時心裡也多出一股不可思議的暖流。

春雪握緊雙手站在原地不動，視野中無聲地跑出一串櫻花色的字型：

【UI＞那有田學長，我們去進行下一件工作吧。】

「咦……下一件工作？可是今天的委員會活動已經……」

【ＵＩ＞我不是指飼育委員會的工作，是說要怎麼解決「ＩＳＳ套件」跟「災禍之鎧」。】

「……啊！」

突然話題大幅轉向，讓春雪一瞬間有點天旋地轉，朝四埜宮謠穿著制服的嬌小身影看了一眼。

的確有這麼回事。她不只是個喜歡動物的小妹妹，更是第一代黑暗星雲幹部「四大元素」之一，範圍型攻擊威力極為驚人的７級超頻連線者「劫火巫女（Ardor Maiden）」。

昨天打完搭檔戰，回到現實世界的杉並區之後，春雪仍然好一陣子沒能回過神來；謠則若無其事地從神經連結裝置上拔掉直連線，收進書包裡。春雪呆呆地望著她好一會兒，這才總算回過神來，首先就問出了對戰中最令他好奇的一件事：

「四埜宮同學的虛擬角色有『淨化能力』？可以解除寄生屬性的物件？」

但謠以文字做出的回答並不明確：

【ＵＩ＞即使辦得到，也非常花時間。連剛剛看到的那種小物件，也至少得花上三十分鐘。碰上更強力的寄生體時，正規對戰場地裡的時間根本不夠。詳情就等到明天再說吧。】

接著謠站了起來，打字道謝說：【我家就在這附近，送我到這裡就可以了】，接著就朝春雪一鞠躬，往住宅區裡頭跑了過去。

春雪努力讓在烈火籠罩的草原正中央緩緩舞動的巫女身影，跟眼前嬌小的少女重合在一起，同時勉強動著嘴說：

「呃、呃……對、對了，今天這件事有很多需要討論的地方……我想在學校講到七點應該講不完，就到我家……我是這麼想的，所以已經聯絡黑雪公主學姊她們了……四埜宮同學妳可以來嗎？」

謠聽完卻眉間忽然緊繃，以稍慢的速度打字回答：

【UI＞既然這樣，我也希望可以去叨擾一下……】

「啊……時間拖太晚會不太方便是嗎……？」

【UI＞不，這點沒有問題，只是……這場聚會……現在的成員全都會到場嗎？具體來說，楓姊也會到……？】

她所說的楓姊，指的就是倉崎楓子，也就是Sky Raker。春雪已經託黑雪公主聯絡她，而她也爽快地答應了。春雪點點頭回答：「當然會來。」就看到謠更加面有難色地低下頭去。

——該不會她們兩個處不好……？昨天在學生會室談起往事的時候，聽起來倒沒有這麼回事啊……

春雪想到這裡，吞吞吐吐地說不出話來，謠卻以毅然決然到有些異樣的表情舉起雙手，打著鍵盤回答：

【ＵＩ＞了解。我既然已經答應幸幸要回來，該來的總是會來。那我們走吧。】

接著謠對小木屋裡的小咕揮揮手，抱起手提箱邁開腳步，春雪趕忙跟上去，說聲我幫妳拿，接過比較大的箱子後小聲說：

「怎麼說……如果有什麼問題，只要趁現在跟我說……」

但謠只搖了搖頭，並不回答。

四埜宮謠為什麼會這麼害怕倉崎楓子？

二十五分鐘後，這個問題的答案就在位於北高圓寺複合高層住宅大樓二十三樓的有田家客廳裡，以再明白不過的形式揭曉了。

「謠……謠謠～！」

這尖叫般的喊聲，就是當天聚集的六名成員之中最後登場的楓子所發出的第一聲。

她將包包往客廳地板一扔，制服裙子翻動，以最大速度朝著沙發椅上的謠衝刺過去，整個人飛撲似的撲在表情僵住的謠身上，用力將她抱在自己胸前大喊：

「謠謠——我好想妳喔，謠謠——！」

謠苗條的右手從楓子身體下方伸出，痙攣似的在空中敲了幾下：

【UI＞請ㄉ一下，ㄅ要、楓姊，我不能ㄏ吸ㄌ。】

「也不跟我說一聲，就長得這麼大……！可是不要緊的，我還是會像以前那樣疼愛妳……！」

【UI＞救ㄇ，誰ㄌ救ㄨ】

「啊啊，謠謠……謠謠——！」

……我還是第一次看到四埜宮同學打字出錯啊。

春雪在靠近廚房的地板上看得傻眼，茫然地想著這樣的念頭。站在他左邊的拓武與春雪也同樣看得啞口無言，瞪大眼睛，右邊的黑雪公主則一副拿她們沒辦法似的模樣搖著頭。

沙發椅上的人間煉獄多半沒這麼快結束，於是春雪也搖搖頭，然後小聲對黑雪公主說：

「……學姊，請問一下，記得妳說過在第一代黑暗星雲的成員裡，只會跟楓子姊還有另一個人見面，這另一個人就是四埜宮同學吧？」

「嗯……你記得可真清楚，就是她沒錯。」

「可是我記得學姊還說過另一句話，說楓子姊是學姊唯一在現實世界中培養出友情的對象。這兩句話讓我之前一直覺得有點矛盾，怎麼想都想不通……到頭來……就是因為……那樣……」

聽春雪這麼說，黑雪公主滿臉苦笑地點點頭：

「嗯，算是吧……就是這麼回事。我當然當謠是戰友，但謠對楓子卻更……怎麼說……」

黑雪公主先頓了頓，轉過身來面向春雪等人，換成說明的口吻說下去：

「你們已經知道楓子過去為什麼會被叫做『ＩＣＢＭ』了嗎？」

「啊，知道，我聽仁子說過。說她在領土戰中會採用一種戰法，揹著一個負責支援的角色，朝敵方陣地的大後方展開特攻。」

春雪這麼回答完，她就點點頭說：

「就是這樣。當敵方戰線拉長時，這種戰法非常有效，但是跟著Raker過去支援的人可就慘了。有時是被她直接從空中丟到適合支援的地點，有時候會被大群敵人追著跑，有時還乾脆被當成彈頭丟到敵方據點正中央……我想你們應該多少已經猜到，這個負責支援的人就是謠，說穿了那時候的她根本就是『Raker專用套件』。」

「……套、套件……」

春雪臉頰痙攣地複誦這句話。朝沙發的方向再看一眼，正好看到謠伸向空中求救的手臂無力地垂下。

——約三分鐘後。

餐桌的上座是黑雪公主，右邊是千百合與拓武，左手邊是楓子與謠，正面則是春雪，眾人就照這樣的格局重新坐好。桌子上已經擺著春雪泡的紅茶與千百合從家裡端來的一個大盤子，上面裝著千百合媽媽親手做的三明治。

夾著滿滿萵苣與煙燻火腿的火腿三明治、夾著切片起司加上芝麻菜與蘆筍的蔬菜起司三明治、以黑色裸麥麵包夾著煙燻鮭魚與酪梨的三明治，琳瑯滿目的三明治堆得老高的景象確實十分壯觀。就連被楓子熱烈的招呼搞得好一陣子全身癱軟的謠，也都瞪大眼睛看著這些料理看得出神。

「千百合，每次都麻煩你們家，真是不好意思，還請替我們跟伯母問好。」

「沒關係的，媽媽知道小春朋友變多也高興得很呢！」

黑雪公主低頭道謝，千百合笑嘻嘻地回答，春雪則露出複雜的表情。這一連串的儀式結束後，眾人先一起說了聲開動，接著六隻手一齊伸向大堆切成三角形的三明治。

謠將所有種類都吃過一片之後，以遠超出平常的速度躍動手指：

【UI＞非常好吃。照剛剛幸幸的說法，每次開軍團會議之前，都是麻煩倉嶋伯母做菜請大家吃？】

「叫我千百合就好了啦！」

千百合先強調完這一點，接著才不好意思地點點頭。謠因為患有運動性失語症而無法用聲帶說話這點，在剛開始的自我介紹時就已經說過，因此她也不顯得困惑，繼續說道：

「黑暗軍團收我進來是在兩個月前，所以我也沒參加過那麼多次會議。不過從以前就是只要我跟小拓跑來小春家，媽媽就會幫我們做好三人分的飯菜。剛剛我請媽媽做六人分的時候，媽媽就嚇了一跳，說竟然是以前的兩倍。」

【ＵＩ＞說到這個，千百合學姊、黛學長還有有田學長，三位是從小一起長大的對吧？】

謠打到這裡先頓了頓，以一對清新脫俗的大眼睛依序正視坐在對面的三人，接著才繼續打字：

【ＵＩ＞三個從小就認識的朋友全都成了超頻連線者，而且還在同一個軍團裡並肩作戰，實在是一種奇蹟。現實中的情誼能發揮非常大的力量。我、幸幸還有楓姊，也曾經在現實世界中培養出友情，但我們花了很長很長的時間才走到這一步，而且我想像我們那樣就已經太慢了。】

一看完這段發言，黑雪公主與楓子分別輕聲叫了她一聲：「謠……」「謠謠」。謠的目光朝她們兩人一瞥，露出平靜中帶有幾分悲切的笑容：

【ＵＩ＞我們都沒能互相替對方著想，沒能顧慮到幸幸心中逼她走上絕路的害怕，也沒能體會到楓姊心中的渴望有多大，所以幸幸才會淪為六王追殺的對象，楓姊也才會失去虛擬角色的雙腳……最終更導致整個軍團垮台。我一直非常懊惱，心想如果不只是我們三個，而是能有更多成員都更早在現實世界中建立牢固的關係，也許就可以走出一條不一樣的路了。】

謠的手到此停下，坐在她旁邊的楓子輕輕握住她的手，充滿了憐愛之意，模樣溫和得與先前簡直判若兩人。

「可是，我們又湊在一起了，謠謠。」

楓子說完微微一笑，謠驚覺地睜大眼睛。

「雖然過了長達兩年半的時間……可是我跟小幸都從這隻小小的烏鴉身上學到了一件事，那就是沒有什麼事情是挽回不了的。小幸重新以王的身分回到了加速世界，我也重新找回了雙腳。所以呢……」

「——我們有把握。」

黑雪公主接過了話頭。黑之王以餐巾紙擦了擦嘴邊，挺直腰桿以堅毅的口吻說：

「謠，妳被封印在『無限制中立空間』的本體，我們也一定救得回來……哪怕得跟無敵的『神』作對也不例外。」

9

等堆成小山的三明治消失得無影無蹤，收拾好大盤，重新倒滿紅茶之後，春雪忍不住開口問了出來：

「請問一下……學姊剛剛說四埜宮同學的本體被封印在無限制空間，那是怎麼回事……？我昨天才跟四埜宮同學在正常空間裡搭檔對戰過……還是說她在無限制空間裡另外遇到了什麼問題？」

坐在右側的千百合也同樣歪著頭，但拓武似乎想到了什麼，猶豫地開口問說：

「軍團長，妳說的情形……該不會是『無限ＥＫ』……？」

「哦，不愧是博士，你還真清楚。」

黑雪公主點了頭，但春雪根本搞不清楚是怎麼回事？

「無、無限ＥＫ？阿拓，那是什麼……？」

轉過身去一問，就看到拓武用手指頂著眼鏡的橫梁往上推，反問他一個問題：

「小春，你知道加速世界裡有幾種手段，可以讓一個超頻連線者消失……也就是失去所有點數，強制反安裝BRAIN BURST嗎？」

「咦……不就只能一直對戰贏個不停……」

春雪反射性地回答到這裡，接著想起兩個月前自己就瀕臨消失邊緣，於是補充幾句：

「……不對，還可以在無限制空間裡『決鬥』。雙方把所有點數灌進『生死鬥卡』，贏的一方可以全部拿走……啊，說到生死鬥，9級玩家之間的特例也算數啊……」

「嗯，這樣就有三種了，還有呢？」

這次換千百合一臉彷彿口中紅茶變得像鹽水一樣難喝似的表情說：

「還有就是那個了，是叫做『物理攻擊（PK）』……嗎？就是在現實世界攻擊對方，囚禁在車上之類的地方，然後透過直連對戰搶光點數。實在是不能原諒。」

拓武也以嚴峻的表情點點頭，補充說道：

「今年四月他逼得我們鋌而走險的手法，或許也可以算是一種廣義的PK行為啊……不說這個了，這樣就有四種。而第五種……就是我剛剛說過的『無限EK』，全名叫做『無限公敵殺法（Enemy Kill）』。」

「公敵殺法……應該不是殺公敵吧。是利用公敵來殺敵……？」

「沒錯……正是如此。」

這時黑雪公主開了口，於是三人不再說話，朝她望去。黑衣的軍團長嘴唇先碰了碰紅茶茶杯，接著才靜靜地說起：

「無限制空間裡棲息著『巨獸級』與『神獸級』等多種具有驚人攻擊力的公敵，這點春雪昨天已經聽我說過。不過話說回來，其中真正高階，真正可怕到離譜的傢伙，並不會自由徘徊，而是會留在固定的地盤裡，所以只要不接近就沒有危險。可是換個角度來看，一旦不小心闖進牠們的地盤而被殺，就會非常難以脫身。」

「呃、呃……？」

春雪視線四處游移，試圖回想曾經去過幾次的無限制中立空間有哪些規則。

在那個世界裡，即使HP計量表歸零——也就是說即使死掉，超頻連線者也不會回到現實世界，而是會進入視野變成灰色的「幽靈狀態」留在死亡地點，並在一小時後復活。

而在無限制空間裡也無法使用「超頻離線」指令。要主動回到現實世界，也就是一般全感覺沉潛式虛擬實境遊戲中所謂「離線」，唯一的方法就是通過設置在車站或觀光名勝等地標所在處的「登出點」傳送門。

接著春雪根據這兩條規則，思考先前黑雪公主所說的狀況。

假設有人不小心闖進這些守株待兔式的巨大公敵地盤，被公敵盯上，挨了威力極大的攻擊而當場死亡。接著視野中就會顯示【ＹＯＵ ＡＲＥ ＤＥＡＤ】的字樣，進入沒有實體又不能移動的地縛靈狀態，等待復活計量表集滿。等滿一小時之後，才總算又可以行動——但這時自己卻還待在巨大公敵的鎖定範圍內。這樣一來當然又會立刻受到攻擊，然後又死掉。一小時後復活……又死掉……

「……這、這不是沒完沒了嗎！」

春雪這麼一喊，黑雪公主就以陰沉的表情點點頭：

「沒錯，所以才說是『無限』。所謂的『無限公敵殺法』，就是刻意營造出這樣的狀況……如果想讓一個超頻連線者失去所有點數，就帶對方深入巨大公敵的地盤，讓公敵每隔一小時就殺死這人一次。當然逃脫的可能性並不是零，畢竟只要利用從復活到被瞬殺的空檔多少移動一點距離，下次就會在移動過的地點復活。像這樣慢慢爭取距離，也許總有一天可以逃出公敵的地盤，但麻煩的是被公敵殺死時，損失的點數都固定是10點……只要死十次就得耗損100點，一百次就是1000點，這可沒有多少人承受得了。」

春雪想像萬一自己陷入這種狀況時的情形，不由得背脊顫抖，以沙啞的聲音回應：

「就是、說啊……尤其是剛升級，或是剛買了很貴的物品時，都已經先耗掉了大量的點數……」

但他隨即又發現一件事，皺起眉頭問說：

「可、可是這『無限ＥＫ』……想利用這種方法的一方，本身也得冒很大的風險吧？也有可能還沒把對方丟進地盤裡夠深的地方，自己就先掛了……」

「沒錯，所以一般常用的手段都是從地盤外把對手摔向公敵的地盤，或者是用爆炸類的攻擊炸過去。」

回答的人是楓子。她嘴角平靜的笑容依然不改，補上的幾句話卻非常駭人：

「不過我以前曾經幸運地篩選出搞『ＰＫ』的人，所以就用疾風推進器，從神獸級公敵的頭頂把他扔下去……不說這些了，正常情形下營造出來的『無限ＥＫ』，很難真的深入公敵的地盤，所以如果真的非常努力，也不是完全沒辦法脫困。而且利用的公敵越強悍，策劃的一方得冒的風險也越高，逃脫所需移動的距離往往也就越短。」

春雪等三名新手同時點點頭。

謠先前一直保持沉默，這時卻悄悄動了動手指：

【ＵＩ＞不過，任何理論都有例外。】

這個帶著一股神祕氣息的國小四年級生，兩道脫俗的目光仍然望向遠方，慢慢地打字說道：

【ＵＩ＞我就是深入加速世界最強大公敵的地盤而戰死，再也回不來的三個人當中的一個……雖然進得了正常對戰場地，但卻再也不能沉潛到加速世界本質所在的無限制中立空間。】

昨天在學生會室裡聽到的第一代黑暗星雲垮台過程，春雪已經大致跟拓武與千百合提過。

無限制中立空間的中央，存在著絕對不可侵犯的「禁城」，這座城的四個門各有一隻最強的公敵「四神」把守。第一代的成員推測「抵達禁城」可能是BRAIN BURST的第二個破關條件，於是朝禁城邁進，試圖突破四神的防守，結果卻是全軍覆沒。

春雪就只聽到這裡，至於最關鍵的問題，也就是為什麼一次全軍覆沒就會造成軍團垮台，他當然還不知情。

但春雪聽了剛剛所說的「無限ＥＫ」後，已經隱約推測出了大致的情形。他深深吸一口氣，依序看了看黑雪公主、楓子與謠，開口說道：

「也就是說……四埜宮同學是在兩年半前深入『四神』的地盤而戰死，沒有辦法脫身……是嗎？」

謠點點頭，在空中敲著鍵盤：

【ＵＩ＞是的。由抗高熱能力較高的我所率領的分隊，對上的是把守禁城南門的火焰巨鳥「朱雀」。牠能夠使用長射程的火焰噴射，能用爪子進行物理攻擊，還能對全方位發出範圍型高熱攻擊，是個難纏的對手。但當時我們已經知道這些資料，所以能夠擬定對策，成功地入侵到看得見門的位置……可是就在這時，朱雀改變了攻擊模式。我們抵擋不住牠全身籠罩著火焰展開超高速衝鋒的攻擊，隊列立刻被衝得七零八落，我的這點抗性根本連聊勝於無都稱不上。當時我打算至少要替同伴保住退路，所以一路將朱雀拖到牠的地盤最深處，就在那裡戰死

了。】

「東門的『青龍』跟北門的『玄武』，也都在戰鬥過程中換成了更凶惡的攻擊模式。」

黑雪公主喃喃說到這裡，輕輕咬了咬嘴唇後繼續說：

「……我跟Raker一起進攻的西門『白虎』也是一樣。本來我們應該也會困在白虎的地盤深處而回不來，但Raker使盡最後的力量抱著我飛了出來……」

「畢竟當時我已經沒了雙腳，在戰鬥方面根本派不上用場。」

楓子也以同樣沉痛的表情開了口。

「當時我卯足了心念拚命地飛，只想著說至少也要讓小幸生還。到現在我還偶爾會夢到白虎的獠牙在身後咬合的聲音……當然想到我是『四大元素』中唯一活下來的人，這樣的懲罰已經太輕了……」

【UI＞我想不只是我，Aqua跟Graph一定也都非常感謝楓姊當時的努力。】

「就是啊，Raker。要是我跟妳也被封印在四神之門，想必都不會動起培育『下輩』的念頭，而『Silver Crow』跟他的好對手『Ash Roller』也必然不會誕生，更不會有第二代黑暗星雲的成立……我們應該也沒辦法像現在這樣重逢。多虧有妳拚死飛翔，才留住了我們的未來。」

黑雪公主這番平靜卻又堅決的話，讓楓子垂下的睫毛重新翻起，輕輕點了點頭。

春雪默默看著這幅光景，感覺胸中一股熱流直往上湧，卻仍然無法壓抑心中湧起的一個疑問，於是趁這機會戰戰兢兢問了出來：

「學姊……四埜宮同學的對戰虛擬角色事實上等於被封印在無限制空間的『禁城』南門，這個狀況我已經明白了。可是……我昨天還跟四埜宮同學……跟『Ardor Maiden』組成搭檔對戰，也就是說，她到現在仍然是超頻連線者，兩年半前並沒有損失所有點數……對吧？請問你們是怎麼從『無限ＥＫ』狀態下保住點數的……？」

「這問題問得好。」

黑雪公主說出這句話，視線再度轉向拓武：

「那就請我們軍團引以為傲的智囊再為大家講解一番吧？相信憑拓武的頭腦，應該已經推測出方法了吧？」

看著自己的博士形象在第一次見面的謠面前逐漸定型，拓武露出有些五味雜陳的表情，但仍然老實應了聲：「好的，軍團長」接著轉身面對春雪：

「那小春，再問你一個問題，你知道有幾個方法可以『從無限制中立空間脫離』嗎？」

春雪看著這位兒時玩伴將眼鏡往上推的模樣，噘著嘴往上瞪了他一眼：

「喂，就算我資歷再怎麼淺，這種事我還知道好不好！而且這根本就是常識嘛。答案不就是『一種』嗎？要離開無限制中立空間，唯一的方法就是通過登出點的『傳送門』。就是因為有這種大原則存在，『無限ＥＫ』才能成立，不是嗎？」

「噗噗～！答錯了！」

喊出這句話的竟然是千百合。

另一名兒時玩伴在拓武身後一邊露出彷彿惡作劇的貓似的笑容，一邊朝著春雪伸出右手的三根手指說：

「答案是三種。」

「呃……不、不會吧？有、有三種這麼多？是有什麼物品？還是必殺技……？」

看到春雪慌了手腳亂猜一通，千百合再次用嘴模仿問答節目的答錯音效，一一彎起手指數著答案說：

「第二種方法是『切斷神經連結裝置跟全球網路的連線』，第三種方法是『從脖子上拔掉神經連結裝置』。」

「這……」

答案太出乎意料之外，讓春雪一時間說不出話來。好不容易將思考重新開機，接著拚命嚷嚷：

「這……這太詐了啦！啊，也不是說很詐……不過這根本是現實世界的方法嘛！」

「奇怪了，小拓又沒有說只能回答『在加速世界可以用的方法』。」

「話……話是這麼說沒錯，可是自己哪有辦法在加速中拔掉神經連結裝置啊！」

「奇怪了，小拓也沒有說只能回答『自己一個人就辦得到的方法』啊。」

正春雪與千百合反覆著從小就不知道重複過幾次的鬥嘴——

左側忽然傳出一陣平靜的笑聲。轉動視線一看，發現不但黑雪公主與楓子笑得十分開心，連謠也流露出無聲的笑容。

笑了整整十秒以上後，才由黑雪公主先開口：

「哈哈哈……你們三個實在很有默契啊。千百合說對了，如果限定在『主動從無限制中立空間內部離開的方法』，確實只有一種，但『從現實世界以被動方式脫身的方法』就不在此限了。」

說著清了清嗓子，換上鄭重的表情說：

「——兩年半前，第一代黑暗星雲的所有成員明知是有勇無謀，仍然試圖挑戰『攻略禁城』的壯舉。然而我們絕對不是想搞集體自殺，所以我們事先設定了一道保險。我們用神經連結裝置連上全球網路時，不是透過正常的無線方式，而是用有線方式，先經過家用伺服器或是桌上型PC來當跳板。」

「跳板……」

春雪喃喃說著這句話，就聽到謠以文字補充：

【UI＞而我們就是設定成當這些作為跳板的機器一收到特定標題的郵件，就會自動從全球網路上切斷連線。假設部隊全軍覆沒，就由第一個成功回到現實世界的人來對軍團所有成員發出這種郵件。這一瞬間，所有人都會因為連線中斷而自動超頻離線。也就是說，即使有人陷入『無線ＥＫ』狀態，至少也可以避免失去所有點數。】

「啊……原、原來如此……」

春雪不由得發出讚嘆聲。他之前連想都沒想過可以用這種方法脫離無限制中立空間。但仔細一想，就想到兩個月前跟拓武一起去到練馬區櫻台的蛋糕店，請紅之王仁子傳授心念系統時，也不是用無線方式連線，而是以有線方式連上全球網路。相信那個房間裡的路由器也一定設定了同樣的保險。

春雪還在茫然地想著自己還有很多事情不知道時，身旁的拓武已經輕輕舉手發問：

「不好意思，軍團長，我也不太清楚從無限制空間離線的詳細情形……請問在這種情形下，對戰虛擬角色會怎麼樣？」

「嗯……這就會讓狀況變得有點複雜。用切斷網路連線或拔除神經連結裝置等非正規手段登出時，對戰虛擬角色基本上還是會從空間中消失。之後要打正常對戰是沒問題……可是一旦再次潛行到無限制空間，就不會從現實世界中的所在位置出現，而是會從之前消失的座標現身。」

「咦……咦，這……？」

春雪一時間消化不了這些答案，發出疑問的聲音，接著楓子就豎起一根手指說：

「鴉同學，我在無限制空間的東京鐵塔遺址頂端那間房子裡住了很久，這你應該還記得吧？」

「記、記得，我當然記得，我怎麼可能忘記……當時Raker姊就把我從那裡推下……」

「我已經忘記了。不說這些了，我現實中的住家是在這杉並區的南端，離港區的東京鐵塔遺址有點遠對吧？可是我並不是每次要去塔頂的那間房子，都重新從杉並移動過去，而是設定定時器，自動幫我切斷全球網路連線，藉此將虛擬角色的位置資料固定在塔頂，下次潛行的時候就可以出現在同一個地方。」

「啊……啊啊，原來是這樣啊！」

春雪深深點頭，繼續思考。

四埜宮謠——Ardor Maiden在兩年半前，戰死在超級公敵「四神朱雀」的地盤深處。本來她應該會無限次重複隔一小時復活又立刻戰死的過程，隨即喪失所有點數。

但她靠著「以收郵件觸發自動斷線」的保險功能，在點數耗光之前就斷線，回到了現實世界，所以昨天才能跟春雪搭檔進行正常對戰。

但這樣的回歸是受限的。無限制中立空間才是超頻連線者最終極的戰場，可是當她唸出沉潛到這個空間的「無限超頻」指令的那一瞬間，卻不會出現在謠的物理身體所在處，而是會出現在把守禁城南門的「四神朱雀」面前。當然這樣一來就會遭到猛攻而被瞬殺，再度陷入可怕的無限ＥＫ狀態……

「所以才說是『封印』啊……要從這種狀態下解脫，唯一的方法就是要有人到達朱雀腳下，救出剛沉潛進去的虛擬角色……」

春雪總算理解到這裡，以沙啞的聲音喃喃說出這幾句話。

謠點點頭，順暢地刷動十指打字：

【ＵＩ＞不只是我，東門的「青龍」跟北門「玄武」眼前還各封印了四大元素當中的「Aqua Current」跟「Graphite Edge」。為了讓其他成員脫離四神的地盤，我們三人……不，在西門應付「白虎」的幸幸跟楓姊也一樣，我們一直盡力吸引四神的鎖定。所幸其他成員都沒有陷入無限ＥＫ狀態，逃出了四神的地盤，但過程中不知道死了多少次，喪失了大量的點數，實在無法繼續維持領土。我們只能選擇放棄所有領土，連軍團本身也不得不解散。過去的黑暗星雲就是這樣垮台的，不能怪任何人，不是任何人的錯……】

謠打到這裡，手指用力揪在一起——至少看在春雪眼裡是這樣。

春雪忽然驚覺地拉起視線一看，先前幾乎絲毫不將表情顯露在臉上的九歲少女一張臉皺成一團，用力咬著嘴唇。接著再次動起手指，以幾乎撕裂空氣的劇烈動作打字：

【ＵＩ＞不，嚴格說來，這都要怪那個人……那個欺騙幸幸，逼她鋌而走險，卻還背叛她

的人】

「謠」「謠謠！」

這兩聲喊聲打斷了字串。謠的雙手在投影鍵盤上緊緊握住，深深低下頭去，身旁的楓子輕輕擁住她的肩膀。

黑雪公主在有點距離的座位上，以隱忍的表情看著她們這樣，隔了一會兒才靜靜地開口：

「謠，要怪就怪我，軍團垮台的所有責任都該由我來負。不管是一開始任由衝動驅使而造成導火線……還是一切結束之後精神受到重挫，整整兩年把自己關在區域網路裡，全都是我的責任。可是我遇見了他……遇見了春雪，從他身上得到了重新爬起來的力量。我不會再一味地害怕過去，撇開目光，我跟那個人遲早也會做個了斷。為了做到這一點，謠，我要解開妳的『封印』。我要妳回來，回到新的黑暗星雲來。」

春雪並未完全聽懂她們之間的談話。他不知道謠所說的「那個人」是誰，也不知道黑雪公主發生過什麼事，但他覺得現在不是問這些的時候，所以他探出上身，一本正經地拚命對謠訴說：

「四埜宮同學，我也要拜託妳。我想妳已經知道，我的虛擬角色現在被一種叫做『Chrome Disaster』的強化外裝寄生，要是不在一週內淨化，諸王就會懸賞我，讓我沒辦法正常對戰。我……非得變得比現在更強不可。為了跟黑雪公主學姊還有軍團裡的大家一起奮戰下去，我不能有片刻停下腳步。拜託妳……請妳幫幫我。」

如果換作不久以前的春雪，肯定會因為扭曲的自尊心作祟，根本說不出這樣的話來。但歷經多次艱辛的戰鬥後，春雪已經多少學到了「與同伴並肩作戰」的意義。想來有些時候還是得逞強，得堅持己見，但逞強到以為自己一個人無所不能，則只是愚蠢的傲慢。這世上的每一個人，都在不知不覺間受到別人的幫助。

謠彷彿承受不住春雪拚命說出的這番話，視線低垂下去。

沉默了一會兒後，她的手指微微舉起，儘管顯得猶豫，仍然輕輕在空中敲打：

【UI＞這兩年多來我之所以堅決不跟幸幸、楓姊還有其他軍團成員聯絡，就是因為害怕聽到這個提案……害怕聽到要解開封印這句話。完全解除限制的『四神』有著超乎想像的攻擊力，要是想救回我的虛擬角色，來救我的人也極有可能陷入『無限ＥＫ』狀態。只有三個人被封印在四方門，已經可說是非常幸運了。我不能再讓更多同伴犧牲，我……相信Graph還有Aqua也都是這麼想，所以才拒絕跟大家接觸。其實，我也……】

打到這裡，手指忽然停下──

謠微微動了動本應不聽使喚的嘴唇。春雪不是靠耳朵，而是靠意識捕捉到了寂靜中流過的一句話。

──好想見大家。

兩滴淚珠流過白皙的臉頰。她身旁的楓子自己也淚濕眼角，用力抱緊她小小的身體。這次謠絲毫沒有抗拒，將臉埋在楓子胸口，肩膀劇烈地抽動。聽見這陣細小但確實存在的嗚咽聲，只是間接得知當時情形的春雪、拓武與千百合都看得連連眨眼。

短短三十秒過後，楓子放開了她，從口袋裡拿出手帕幫謠擦了擦臉頰。謠顯得非常不好意思，低著頭繼續打字：

【UI＞對不起，我繼續說下去……我一直不打算主動接觸新一代的黑暗星雲。覺得說只要能從加速世界的角落，看著幸幸你們奮戰的模樣，就已經心滿意足。可是我學校裡的飼育委員會被廢除，無論如何就是找不到人收養無家可歸的動物……猶豫到最後，我還是寄出了委託的郵件給幸幸就讀的梅鄉國中。雖然覺得幸幸不可能留意到我的名字，但內心深處卻又一直希望她發現。】

「我當然會發現，畢竟謠謠的名字這麼醒目。」

黑雪公主微笑著這麼說，眼睛還紅紅的謠就噘起了嘴唇：

【UI＞名字又不是我自己挑的……看到回信人的名義不是學校管理部，而是學生會副會長時，我真的好猶豫。可是我告訴自己說這是為了那些動物，於是用潛行呼叫跟幸幸聯絡，結果她劈頭第一句話就是……】

「這是交換條件。我會說服管理部，叫他們準備飼育用的小木屋，所以妳要回來。」

黑雪公主親自重述的這句話，讓眾人都張大了嘴。驚訝很快就轉變為傻眼的苦笑，謠也在微笑中打出字串：

【ＵＩ＞幸幸一點兒都沒變，還是一樣性急、粗魯又愛逞強，弄得之前還左思右想不知道該說什麼的我像個傻瓜似的。她劈頭就單刀直入，害我沒想清楚就回答說：「我只先聽妳講一下狀況」後來也就順理成章地被她牽著走，不知不覺間就演變成現在這樣了，跟以前我被迫答應在現實中見面的時候一模一樣。】

春雪看著她的發言，懷念地想起黑雪公主來邀自己時的情形。

——記得她突然出現在虛擬壁球遊戲區，第一句話就是：「少年，你想不想加速到更快的境界？」我當然想知道這句話的意思，跑去交誼廳一看，立刻就被抓去直連，緊接著傳輸BRAIN BURST程式給我，連考慮的時間都沒有。

——不過要不是她用那麼強硬的手段邀我，我一定會退縮的。她的確性急又愛逞強，但這也就表示她對任何事情都更加認真。相信在這次的「災禍之鎧淨化計畫」裡，她一定也在暗中為我拚命努力……

想到這裡，春雪忽然產生了一個疑問，朝著坐在對面的黑雪公主舉手發問：

「……學、學姊，我有問題。」

「嗯？什麼問題？」

「呃……上週的比賽結束後，我們聚在一起商量要怎麼解決『災禍之鎧』寄生的問題。當時學姊說過認識有『淨化能力』的人，這個人指的就是四埜宮同學嗎？」

「嗯，就是這樣。」

看到她點頭，春雪繼續追問：

「可是，當時學姊已經有方法聯絡她了嗎？剛剛四埜宮同學說過這兩年多來她都堅決不聯絡……」

【ＵＩ＞有田學長說得沒有錯。我已經放棄了以前用的郵件位址，幸幸應該沒有辦法主動聯絡我。要是我沒有為了飼育屋的事而寄郵件到梅鄉國中，妳打算怎麼辦啊？】

謠也納悶地歪著頭打下這些字，接著就看到黑雪公主露出溫和的笑容回答：

「那還用說？就算妳放棄郵件位址，我至少還知道謠就讀的學校跟學年。只要直接去到松乃木國小部的校舍，把四年級教室一間間看過就行了，不是嗎？」

一聽到她這麼說，謠當場額頭都綠了，以生硬的指法回答：

【ＵＩ＞當初我猶豫著該不該拜託梅鄉國中幫忙解決小木屋的事情時，就有聽到一個聲音要我這麼做，那一定是上天的啟示。】

看到這幾句話，不只是春雪等三人，連楓子都笑出聲來。楓子在還嚇得縮起脖子的謠背上拍了一記，說道：

「沒錯吧？謠謠，這就表示妳該回到自己歸屬的時候來了。我之前也是一樣。那天有隻受傷的烏鴉來到東京鐵塔遺址頂上的小庭園時，我也確實感受到了，感受到停滯的世界將會再次吹起一陣風……」

「楓子說得沒錯，謠，我的確很性急，可是已經不像以前活得那樣匆促。就是因為我認為我們現在有辦法將妳的虛擬角色從四神的封印中解放出來，我才會叫妳回來。」

黑雪公主以一雙漆黑的眼睛凝視著謠，謠也以有著火焰色彩的眼睛接下她的視線：

【ＵＩ＞我也希望能夠從封印狀態解放出來，不只是為了自己，同時也是為了淨化有田學長的虛擬角色。既然寄生的物件是那強大的『The Disaster』，三十分鐘絕對不夠，所以不能在正常對戰場地，而是得在無限制中立空間進行。我昨天跟有田學長搭檔對戰，已經充分見識到了他蘊含的實力。我們的確不能因為諸王的圖謀就停下腳步。】

看到這段文章，春雪不由得問了出來：

「咦……可、可是，我昨天根本打得一無是處……幾乎是毫無招架之力……」

謠聽了後甩動馬尾面向春雪，以一種稚氣中卻又有著幾分慈祥的表情微微一笑：

【ＵＩ＞有田學長，你那「以柔克剛」的手法，是幸幸教你的嗎？】

「什麼？」

黑雪公主皺起了眉頭。春雪朝她看了一眼，縮起肩膀拚命辯解：

「啊，沒有，怎麼說，也不能算是教過我，只是她讓我見識過一次，所以我就想說……多少練習一下……」

【UI＞我就知道。因為你跟幸幸雖然出招節奏相同，但功形就不一樣了。我可以從有田學長的對戰之中，感受到一種朝著遙遠目標持續邁進的意志，那是一種即使昨天打輸，今天再打輸，仍然不會氣餒，會想明天再挑戰一次的心意。可沒有幾個超頻連線者能在升上5級之後，仍然不忘記一步步慢慢前進有多麼重要。】

「咦……不，這個……我自己，倒是沒想……」

春雪對於受稱讚的狀況一點都不習慣，無地自容地將頭垂向正下方，接著就聽到千百合帶著幾分笑意說了：

「畢竟小春最拿手的就是像蝸牛一樣慢慢前進啦！從以前就是這樣，小春不管玩什麼，剛開始技術都比我跟小拓差，可是不知不覺間就硬是練得很厲害。可惜也只有玩遊戲方面是這樣啦！」

春雪內心感謝兒時玩伴幫他解危，嘴上卻立刻反駁：

「才、才不是只有遊戲！記得『比誰吃玉米吃得最乾淨』那次，最後也是我最……」

「小春，從不實用的程度來看這也沒什麼差別啊。」

拓武冷靜的吐槽，帶來了一陣開朗的笑聲。當笑聲過後，謠挺直腰桿，依序看看眾人，接著深深一鞠躬。

【ＵＩ＞我到現在還是滿心迷惘、害怕跟猶豫，可是如果這時候不踏出一步，不管在加速世界還是現實世界，我多半都會永遠留在原地。虛擬與現實就像陰間陽間一樣，是一體的兩面，只要對戰虛擬角色還凍結的一天，現實中的自己也是哪兒也去不了。】

「的確是這樣……」

坐在謠身旁的楓子輕輕點頭同意她的說法：

「我隱居在東京鐵塔遺址的那段期間，不知不覺間連待在現實世界中的時候，也開始活得畏首畏尾。鴉同學出現以後的那兩個月，甚至讓我覺得比先前的兩年更長久。」

聽到這番話，這次換黑雪公主深深點頭同意，一雙漆黑的眼睛彷彿有著無數閃閃發光的星塵在翻騰：

「楓子，會這麼覺得是理所當然的。因為即使不執行BRAIN BURST，當我們跟志同道合的同伴一起朝同一個目標邁進時，都是處在『加速』的狀態。會有一股讓人心跳加速的興奮，有力而且劇烈地驅動意識。」

最後謠輕快地舞動十指：

【ＵＩ＞我也想跟以前那樣滿心興奮，想跟大家一起繼續追逐我們曾經半途而廢的夢想。幸幸，楓姊、千百合學姊、黛學長，還有有田學長……】

纖細而強韌的手指毅然決然地刺破了一瞬間的猶豫：

【ＵＩ＞拜託各位，請各位把我……把我的分身「Ardor Maiden」從朱雀的封印中解放出來。】

10

黑雪公主擬定的「災禍之鎧淨化計畫」，似乎是由三個階段組成。

第一階段是在現實世界聯絡上四埜宮謠，想辦法把她拖到談話桌上。

第二階段是說服謠，將她的虛擬角色從無限制中立空間中的「無限ＥＫ」狀態中救出。

而第三階段則是靠謠的淨化能力，消滅寄生在Silver Crow身上的Chrome Disaster因子——

六月十八日，星期二，下午七點二十分，聽楓子問到第二階段要何時開始時，黑雪公主回答得毫不猶豫。她說：「當然就從現在這一瞬間開始。」

地點轉移到沙發組上，六人以放鬆的姿勢坐下，先拿出五條ＸＳＢ傳輸線將彼此的神經連結裝置串連在一起。本來要進入無限制空間並不需要進行直連，但這次必須準備先前所說的「斷線保險裝置」，因此所有人都取消了神經連結裝置與全球網路的無線式連線，改由春雪擔任主控端，以有線方式經由有田家的家用伺服器上網。只要先做好這樣的防範，即使臨時發生意料之外的情形而導致有人陷入「無限ＥＫ狀態」，也可以等先從傳送門回來的人將線路從家用伺服器拔掉，這樣所有人就可以立刻登出超頻連線。

當然到了那個時候，就表示已經演變成最糟糕的事態，不但救不出謠，還賠了夫人又折兵，但現在眾人已經過了會害怕這點的階段。現在唯一要做的就是做好萬全的準備，相信作戰百分之百會成功，一心一意地往前進——這就是黑雪公主在現實世界的會議中所說的最後一句話。

【UI＞那麼各位，就拜託你們了。】

看到謠的發言，黑雪公主、楓子、春雪、拓武、千百合一起用力點點頭。照計畫是首先由他們五人沉潛進去，等內部的一切準備就緒，才讓謠沉潛進去。

五人在沙發椅上閉起眼睛，深深吸一口氣。

黑雪公主開始倒數十秒。眾人算準她倒數到零的時機，一起喊出了指令，飛向只有4級以上的超頻連線者才能進入的真正加速世界。

「「「「「無線超頻！」」」」」

許久不見的「無限制中立空間」，從腳下到地平線都凍結成一片雪白的世界。

這是「冰雪屬性」。天空鋪滿了灰色的雲，細小的雪花乘著冰冷的微風，舞動得閃閃發光。

「很好……是個好兆頭。」

黑雪公主──黑之王Black Lotus，以刀劍狀的腳尖高聲刺了刺覆蓋住地面的冰雪這麼說。

「雖然最理想的情形是『霧雨』或『暴風雨』，但那樣反而會有礙遠距離的能見度……要算準一瞬間的時機，也許現在這種『冰雪』反而最理想啊。」

「說得也是。如果只有這點雨雪，也不至於干擾視野。」

站在她身旁的楓子──Sky Raker搖了搖天藍色的頭髮點點頭。

春雪一時間聽不懂她們兩人的談話，歪了歪Silver Crow那圓圓的安全帽頭，戰戰兢兢地問說：

「請問一下……為什麼遇到『冰雪』或『霧雨』就比較幸運？」

「因為有著火屬性的『四神朱雀』能力會被削弱，對吧？」

這個立刻出聲回答的人，是站在春雪右側的高大近戰型虛擬角色Cyan Pile──也就是拓武。而更右邊戴著一頂黃綠色尖帽，左手裝備著巨大手搖鈴的Lime Bell──千百合還接著說：

「那就得加快腳步了，畢竟不知道『變遷』什麼時候會來。」

姑且不論資歷比較深的拓武，連當上超頻連線者才兩個月多一點的千百合，對狀況都掌握得比自己清楚，這讓春雪感受到一股壓力，趕忙開口說道：

「那、那就用我的翅膀飛過去吧。就算有四個人，應該也勉強載得動……」

可是他話還沒說完，黑雪公主就輕輕搖了搖面罩：

「不，這次哪怕機率再低，我都不希望被其他超頻連線者打擾。雖然同時沉潛進來的人待在附近的可能性很低，但畢竟飛上天空就很顯眼了。我們就努力跑到千代田區吧。」

「啊……說、說得也是……」

春雪正要沮喪地低下頭去，黑雪公主已經走上幾步，放鬆語氣補上幾句：

「而且這次作戰的主角是你。在作戰開始之前，我們不能讓你的翅膀多出一丁點疲勞。」

「好……好的！我明白……」

——咦？我，是主角？

春雪回答到一半就當場定住，楓子輕輕拍了拍他的背說：

「鴉同學，請你好好加油囉。不用擔心，你辦得到的。」

「就是啊，小春，憑你的本事，不管對上什麼對手，在空中都不會輸的。」

「小春，你要漂亮地完成任務喔！」

拓武與千百合也跑來補上這幾句話，接著春雪以外的四個人一起深深點頭，就這麼走向本是住宅大樓的冰之塔外牆開口。

……所謂的主角，是要做什麼啊？難道，該不會，難不成，是要我一個人去闖那超級無敵公敵的地盤……？

春雪整個金屬身體冒著冷汗的同時，又覺得似乎以前也有過類似的情形，於是開始翻找記憶。半年前從春雪家出擊到無限制空間進行「災禍之鎧討伐任務」時，他也同樣唐突地被指定為先鋒，讓他當場愕然，這件事他想忘也忘不了。當然跟那時候比起來，春雪自認實力已經有所提升，但總難免覺得為什麼每次都是他最倒楣……

春雪不由得轉著這種退縮的念頭轉了幾秒鐘，接著才驚覺地回過神來。

當他趕緊追向幾名同伴時，四人已經接連從高塔外牆上突出的冰製陽台往下跳。春雪跟在最後面往地面前進的同時，勉力在心中鼓舞自己。

——就算號稱四神，說穿了不就是隻鳥嗎？我才剛在近距離看過真正的貓頭鷹，不對，是角鴞，不對，是白臉角鴞呢。我跟真正的猛禽待在同一間小木屋裡都不當回事，更何況虛擬世界，管牠朱雀還是麻雀，根本就不用怕。況且我又不是得打贏牠，只要全速飛行甩掉牠，救回四埜宮同學的虛擬角色然後趕快脫身就好了。明明就很簡單嘛。

「……好，我就做給大家看！」

春雪抵達地面的同時，在面罩下悄悄喊了這麼一句，接著就與眾人一起沿著寬廣的冰雪之谷往南跑。

杉並區與千代田區的直線距離將近有十公里遠，如果是現實中的血肉之軀，實在不可能毫不停歇地全力跑完。但對戰虛擬角色只要不做出超越極限的動作，就與疲勞完全無緣。五人由高速氣墊移動的Black Lotus帶頭，排成楔形陣形，走從環狀七號線經由四號東京所澤線穿過新宿的路線，一心一意地往前飛奔。

途中數次在去路上看到大型公敵的影子，但全都繞路躲了過去。「冰雪場地」跟「原始叢林」或「工廠」不一樣，幾乎沒有障礙物存在，所以東京都心的高密度道路網幾乎全都可以使用。但這同時也意味著可以破壞的物件很少，眾人凡是看到應該打得壞的冰塊，就一個都不放過，一路累積必殺技計量表。

約四十分鐘後——

春雪在已經化為冰雪回廊的新宿大街，爬完了從四谷通往麴町的坡道，眼前忽然出現一幅光景。

雄偉、壯麗、燦爛。無論用上多少詞藻都不足以形容。

一群林立的尖塔有如巨神所使的長槍一般直衝天際，而這些尖塔則圍繞著一座造型優美卻又剽悍的宮殿。尖塔周圍有著又高又厚的牆壁，更外側則繞著一圈又深又寬的斷崖。

所有的牆壁與柱子都由沉入一片深藍當中的冰塊所構成，內部有著無數紅色的燈火搖曳。儘管看不到有什麼東西在裡頭活動，但這裡絕對不是廢墟或遺址。從宮殿的深處，確實有著某種事物，或說某個人物，放射出強烈的存在感。

那就是無限制中立空間中的皇居，也就是——

「……『禁城』……」

春雪放慢行走速度，同時以顫抖的嗓音喃喃說出這個字眼，前方同樣在放慢速度的黑雪公主就在冰上刻下銳利的軌跡停住，回答他說：

「沒錯，位於加速世界正中央的異世界……過去黑暗星雲傾全力攻略，卻在短短兩分鐘內就全軍覆沒，是個絕對不容侵犯的神之領域……」

這幾句話讓春雪全身汗毛直豎，再次凝神觀看。

怕不有三十公尺高的城牆，幾乎圍成了正圓形。想來規模應該與現實中的皇居相等，所以直徑應該有一千五百公尺左右。

春雪等人所在的新宿大街，圍繞禁城的無限斷崖上銜接著一座冰橋，繼續往城內延伸。而在這座長約五百公尺，寬約三十公尺的冰橋另一頭，則屹立著一座巨大的對開式城門。城門緊緊關上，不讓任何人通行。

「軍團長，這就是相當於現實世界中半藏門的『西門』嗎？」

聽拓武這麼問，黑雪公主再度點點頭。接著換千百合踮起腳尖對城門周圍四處張望，同時發出訝異的聲音：

「可是學姊，那是叫『四神』來著……是嗎？我哪兒都看不到大隻的公敵耶……？」

「Bell，妳看那邊。」

楓子來到千百合身旁，筆直伸出左手，指向連接冰橋與大門的廣場。那兒有著一座正方形舞台狀的台子，四個角落各有一根柱子。這個台子給人一種莊嚴肅穆的感覺，彷彿是某種祭壇。

「一旦有人入侵這座橋，『四神』就會從那裡湧出。也就是說，他們的地盤就是這整座長五百公尺、寬三十公尺的大橋。另外周圍斷崖除了橋以外的部分，都有著異常的重力，連我的疾風推進器也跳不過去。才剛飛到峽谷上，就立刻被拉到谷底的黑暗中瞬間摔死。所幸這時就是從外側的懸崖邊上復活了。」

這句話帶得春雪等三人想像被拉進無限黑暗的情形，當場說不出話來，黑雪公主則平靜地對他們說：

「……兩年半前，我跟Raker率領軍團當中的一隊，攻向把守這座西門的『四神白虎』。以前我們曾經以差不多的人數打倒過『神獸級』公敵幾次，所以當時我們頗為自負，心想管他什麼超級公敵，根本不放在眼裡。不過……結果你們都知道非常悽慘。老實說，光是現在站在這裡看著城門……我的腳都在發抖。」

「……學、學姊……」

春雪不由得叫了她一聲，接著她漆黑鏡面的護目鏡微微一搖，說道：

「對不起，我不是要嚇你們。當然我並不打算在這裡退縮，但是有件事我要你們牢記在心

──『四神』不是凡人對抗得了的。無論有什麼樣的理由，都千萬不能跟牠們對抗。只要我下令，或是你們自己覺得陷入計畫以外的狀況，就要立刻卯足全力往橋外退避。」

「這、這個，我當然……有這打算……」

春雪正要點頭答應，黑雪公主就隔著面罩正視他，以更加嚴肅的語氣說：

「光有這麼打算還不夠，這是命令。你聽好了……我叫你跑你就要跑，哪怕我或Raker，或是我們兩個都被朱雀殺了也不例外。」

這一瞬間，春雪銳利地深吸一口氣，出聲抗辯：

「這怎麼行……！要闖大橋的人應該是我！剛剛學姊跟Raker姊不是這麼說過嗎！」

黑雪公主與楓子聽了後對望一眼……

兩人露出了一種即使透過虛擬角色的機械面罩，仍然能讓人感受到深深溫暖的微笑，從左右交互對春雪訴說：

「哈哈……你也太傻了，Crow，我怎麼可能讓你一個人冒死衝鋒？」

「就是說啊，鴉同學。要是做出這種事，我們會被Bell跟Pile罵的。」

「我們會吸引朱雀的鎖定，哪怕一瞬間都不會讓牠的視線轉到你身上。」

「請你只要想著怎麼救出Ardor Maiden就好。」

其實春雪很想貫徹跳出住宅大樓時的決心，說我一個人去就好，但如今他怎麼想都不覺得有辦法單獨應付連黑雪公主都會怕得發抖的「四神」。以戰鬥能力而論，春雪跟她們兩人根本沒得比。這種時候就算堅持己見，也只是在裝模作樣罷了。

他唯一能做的事，就是全力飛行。這就是春雪現在的實力與極限。

春雪啞口無言地低頭，站在左邊的千百合立刻在他肩膀上輕輕一拍，同時活潑地說：

「姊姊對不起！我真的以為計畫就是讓Crow一個人對朱雀的巢穴特攻，其他人只在後面加油！嗯，不過我沒有生氣就是了，嗯。」

春雪一聽，當場膝蓋一軟，反射性地喊說：

「妳……妳喔！至少也該幫忙補血吧！」

「我才不要，補血會讓公敵的仇恨值一下子就飆得很高耶。」

他們之間的互動讓拓武、黑雪公主與楓子都齊聲發笑。

——沒錯，我還有別的事可以做。

——那就是相信。相信同伴的能力，相信我們的情誼，相信這些能夠引導我們創造出奇蹟。

春雪在心中這麼自言自語，用力握緊雙手，接著就看到黑雪公主左手劍朝天空一指，說道：

「好了，那我們就再跑一段路吧。往右沿著內堀大道走，就可以去到朱雀與Ardor Maiden所在的南門了。」

看著道路左方雄偉的禁城景象，以及道路右方化為冰雪摩天樓的霞之關官廳街，又跑了幾分鐘後，就在前方看見另一座大橋。這座橋的大小與西側的橋一模一樣，長五百公尺，寬三十公尺。橋的對面有著正方形的祭壇，再過去則聳立著巨大的城門，這些格局也都一模一樣。

這就是禁城的南門，在現實世界中叫做櫻田門。是由四神之中的火鳥朱雀所把守的聖域。

五人一路上沒有受到任何阻礙，來到了冰之橋的前方，慢慢停下腳步。

內堀大道往東西向延伸，與往南分出去的櫻田大道形成了寬廣的T字路。而在西南方不遠處，則可以看到一棟銳角造型的高樓聳立。記得這座建築物就是警視廳大樓，因為臨近櫻田門，讓這座建築物本身也通稱櫻田門，但這裡當然看不到警察的身影。

黑雪公主站在T字路口正中央，從自己的體力計量表上拉出系統選單，看了看時間。

「從沉潛進來到現在正好一個小時，目前為止都照計畫進行……」

也就是說，現實世界中的有田家客廳過了三點六秒。謠沒有沉潛進來，而是在現實世界中等待，這點時間多半只夠她呼吸兩次，但她肯定覺得這幾秒拉長了幾十倍之多。

黑雪公主轉過身來，依序看了看眾人的臉，以堅毅的嗓音說：

「那麼『災禍之鎧淨化作戰』的第二階段，『Ardor Maiden救出作戰』就從現在開始進行。」

四人同時應了聲：「是！」黑之王點點頭，散發出不愧黑之王盛名的威嚴說下去：

「我們最後再複習一次作戰內容。起始部署如下：我Black Lotus待在橋邊牠的地盤外圍，我身後是Lime Bell跟Cyan Pile，沿著櫻田大道往後退兩百公尺的地方，則是Sky Raker跟Silver Crow。」

黑雪公主等眾人在腦中描繪出部署情形，才繼續指示：

「在作戰開始的同時，我前進到大橋中央，讓朱雀湧出。在牠出現完畢的同時，Raker背著Crow用疾風推進器起飛，維持三十公尺的高度朝城門全力飛行。其間我對朱雀進行遠距離心念攻擊，讓牠的目標鎖定在我身上，緊接著我開始後退。到這裡都沒問題吧？」

「沒有！」

四人齊聲回答，黑雪公主點點頭，看著楓子跟春雪說：

「空中的Raker飛到開始後退的我頭上時放開Crow。Crow要再加上自己翅膀的推進力，以全速通過往前進的朱雀上空，繼續朝南門前進。Raker在我的位置降落，張開防禦心念抵擋朱雀的噴火攻擊，同時一起往後退。照計畫我們至少會一直跟朱雀保持一百公尺以上的距離，所以應該不會被瞬殺，但想來還是會受到相當大的損傷，這就要靠Bell從橋的後方以『香櫞鐘聲模式1』恢復。等我跟Raker退到橋邊，Crow應該已經抵達南門前面的『四神祭壇』。Ardor Maiden會出現在祭壇中央，你要立刻抓住她緊急爬升，一百八十度轉向，再度從橋的上空南下，越過朱雀逃出牠的地盤。完畢。」

春雪聽完她順暢地重述完作戰內容，輕輕呼出一口氣。

作戰內容徹底考慮到狀況與戰力，想來多半已經是最佳解答。手法單純而巧妙，一旦開始作戰，彼此都不再需要溝通。

但這項作戰少了一種「手段」與一個「因素」。

缺少的手段，就是要怎麼緊密搭配謠沉潛與春雪全速衝刺的時機；至於缺少的因素——則是計畫內容當中沒有提到的一個名字。

春雪儘管想到了這些疑問，卻不敢問出來。黑雪公主則彷彿看穿了他的心思，放低聲調說：

「……我想大家都注意到了。這次作戰中對於謠出現在無限制中立空間的時間，必須做到以秒為單位的精準控制。要做到這一點，唯一的方法就是派一個人離開這個空間，告知謠潛行的時機。這個工作……Cyan Pile，我要拜託你去做。」

「了解，軍團長。」

拓武立刻做出回答。

但春雪注意到了他的回答比平常那一拍即合的反應稍稍慢了一些。

拓武負責通知留在現實世界中的謠，這個工作也是本次作戰中不可或缺的一環，但沒有人可以否認之所以挑到拓武去做這件事，是因為「他是最後剩下的一個」。拓武這麼聰明，相信遠比春雪更早，多半早在黑雪公主說明作戰之前，就已經察覺到了這一點——察覺到了只有自己一個人無法留在賭命與四神為敵的戰場上。

春雪猶豫著不知道該說什麼。然而他也知道無論說什麼，都只會傷到拓武的自尊心。就連楓子以及這種時候總是能幫忙打圓場的千百合，現在也都沒有說話。

這陣寂靜是由拓武自己打破的：

「畢竟這次的對手是飛行型，我正覺得對我這種徹頭徹尾的近戰型來說太難對付了，傳令的工作我樂意接下……不過軍團長，要是將來有機會對上玄武或白虎這種比較像近戰型的傢伙，還請讓我也有機會出場。」

聽到拓武以一貫的平靜聲調這麼說，黑雪公主緩緩點頭：

「……好，到時候我會指名Pile當衝鋒隊長，畢竟我很看好你……你要加強自己的實力，強到可以痛宰他們。」

「好的，一定——一定。」

拓武深深點頭回答，語氣彷彿是在說給自己聽。黑雪公主再次轉過身來，深吸一口氣說：

「好了，那麼……有什麼想問或想說的話嗎？想說什麼都行，畢竟我們多的是時間。我已經跟Maiden說過最久可能會要她等上五分鐘左右，所以只要大家想聊，我們要聊上三天都行。」

「咦～讓小梅等那麼久，她就太可憐了啦，學姊！」

千百合喊出了這句話。看樣子她已經決定在加速世界裡要用這個暱稱來稱呼謠，相信在現實世界方面，她也會很快想出非常親近的稱呼。

——好好喔，我也好想不用再叫她「四埜宮同學」，而是叫她的綽號說。要是像叫「仁子」那樣叫她「小謠」，不知道她會不會生氣……

春雪一瞬間想到這裡，趕緊揮開這些雜念。

有件事他該趁這個機會跟大家先說清楚。這件事的重要性比起「災禍之鎧淨化計畫」，多半是有過之而無不及——這件事當然就是已經悄悄在加速世界中散播開來的神祕寄生物件「ＩＳＳ套件」。

但煩惱了幾秒鐘之後，春雪決定不要發言。

現在該做的事情，是讓所有人拚上百分之百的力量，設法救出Ardor Maiden。不可以在這種時候講些跟她沒有直接關連的話題，讓大家的注意力有絲毫分散。

而且親眼見證過ＩＳＳ套件的並不是只有春雪，謠更是直接與擁有套件的Bush Utan用心念較勁過，相信她反而更加了解那種寄生物件的本質。既然如此，這件事最好還是等救出謠的虛擬角色，讓她完全回歸到黑暗星雲之後再來討論。

春雪做了這樣的打算而默默不說話，千百合、拓武與楓子也都不發一語。

黑雪公主的目光在眾人身上慢慢繞了一圈，深深點了點頭說：

「……好，看來大家都已經做好心理準備。那麼在作戰開始之前，我要再指派一個任務給Lime Bell——如果發生意料之外的事態，導致橋上的所有人都被朱雀打倒，妳千萬不可以試圖搭救我們，而是要從最近的傳送門回到現實世界，拔掉連接Crow神經連結裝置與家用伺服器的傳輸線，知道嗎？」

這個命令可說十分殘酷。因為一旦用到這道最終保險措施，也就表示不只是謠，連黑雪公主、楓子甚至春雪也都陷入了「無限ＥＫ」狀態。

但千百合毅然抬起三角尖帽的帽簷，用力點點頭說：

「我知道了，學姊。」

「就拜託妳囉……那我們就開始吧。」

黑雪公主的語氣顯得十分輕鬆，簡直就像每週領土防衛戰開打前一樣。她先俐落地對拓武下達指示：

「那麼Pile，那邊的警視廳從正門進去之後有個傳送門，麻煩你在回到現實世界之前，先朝天空發射一發『雷霆快槍（Lightning Cyan Pile）』，作為作戰開始的號砲。謠一看到你醒來，就會立刻潛行進來。這一進一出的接力要花上現實世界裡的一秒鐘，換算成這邊的時間則是十六分四十秒。其間Crow與Raker在沿著櫻田大道往南退後兩百公尺的位置進入起飛態勢，我則在謠出現的一分鐘前踏上橋樑。一看到朱雀出現，Raker就起飛，接下來就照我們先前的安排進行。」

「了解，軍團長──那麼Raker姊、Bell、Crow，剩下就拜託你們了。」

春雪伸出右拳當成回答，拓武以左拳在他拳頭上用力一碰，接著轉過身去。藍色的虛擬角色再也不回頭，跑進了警視廳的大門內。

幾秒鐘之後，一道雷光屹立在雪雲低垂的天空中。由於警視廳對面是總務省，更遠處則有東京高等法院，都是高大的建築物，所以這道光應該只有春雪等人所在的位置可以看見。

這樣一來，再過十六分四十秒，四埜宮謠──Ardor Maiden就會出現在大橋另一頭。春雪無論如何都必須抓住她，帶她逃回橋的這一端。

「那麼Crow，我們也動身吧。Bell，Lotus就拜託妳囉。」

楓子說完拍了拍春雪的肩膀。

「好、好的！……學姊，這個，呃……我會努力的……」

春雪好不容易才從緊張得揪在一起的喉嚨擠出這幾句話，就看到黑雪公主以藍紫色的雙眼正視春雪，簡短地回答：

「嗯，我相信你。」

接下來的十五分鐘，感覺起來像是無限漫長，又像急流一般轉瞬即逝。

春雪站在裝上疾風推進器的Sky Raker身旁，拚命想集中精神，但連他自己也不知道自己是已經開始專注，還是反而被雜念淹沒。細雪紛飛的無限制中立空間裡鴉雀無聲，彷彿連時間都跟著凍結。

巨大的城門矗立在櫻田大道北方，連橋樑全長在內，距離這裡有七百公尺之遠，但壓迫感仍然絲毫沒有減損。整座門彷彿要封閉整個世界似的，遮住了春雪的視線。

「早在兩年半前……師父妳們就曾經試著攻破那道門啊……」

春雪幾乎無意識地喃喃說出這句話，身旁的楓子忍不住輕笑了幾聲：

「何止是門……我們甚至還想攻破裡面的主城呢。」

「啊，對、對喔……」

受不了，看來第一代黑暗星雲肯定是個比現在更誇張的集團。春雪想到這裡，忍不住嘆了口氣，忽然間想到一個疑問，於是直接問了出來：

「……可是那次的戰鬥裡，為什麼要同時對付四隻『四神』呢？學姊昨天說過四神是四身一體……可是門有四個，那麼全軍團集中攻擊一個不就好了……？」

「——在更早以前就有人想到過這點，於是付諸實行。而他們試出的結果，就是『四神』是互相連結在一起的。如果只攻擊其中一隻，剩下三隻就會不斷幫忙補血，根本不可能打贏。

當然今天我們不是要打倒牠，所以不需要在意這點。」

「……啊，原、原來如此……」

仔細一想就覺得自己想得到的事，前人當然已經試過。春雪深深點頭，喃喃說道：

「對喔……相信很久很久以前，試圖攻略那座城的軍團一定更多。不，還不只是禁城……一定還會到處去沒人去過的區域探險，或是擬定各式各樣的戰術……真好，要是我也早點當上超頻連線者就好了……」

「呵呵，鴉同學，你在說什麼啊？」

楓子以微笑打斷春雪夾雜著嘆息的感言，突然以雙手用力抱住他。春雪哇哇大叫，全身僵住，耳邊卻聽到她帶著幾分惡作劇的耳語：

「你的BRAIN BURST才正要開始，一切都才正要開始。不……我跟Lotus也是一樣。我們原本以為已經快要走到盡頭的路……其實無限寬廣，讓我們發現這一點的人就是你。」

繞到他背上的雙手更加用力，耳邊的聲音也開始帶上熱烈得幾乎要融化冰雪似的熱氣：

「……你的銀色翅膀有著能夠開拓世界的力量，你的未來更是無限寬廣。我想親眼見證你能飛到什麼地方。我想Lotus跟Maiden一定也都這麼想——好了，我們去接她吧，時間到了。」

接著她放開了擁抱。

春雪的精神不知不覺間已經清明透徹，只充滿了一種強而有力的意志。

那就是展翅高飛，一心一意地飛。因為對由春雪的精神所塑造出來的虛擬角色Silver Crow來說，飛行正是證明自己的最佳方式。

「……好的！」

春雪強而有力地點點頭，接著Sky Raker背向他蹲下。春雪以右膝抵在她背上的兩具火箭推進器，也就是強化外裝「疾風推進器」的正中央，雙手牢牢抓住她的肩膀。

「準備ＯＫ。」

聽到春雪這麼說，楓子點點頭，凝視正面的大橋。

橋端有兩個小小的人影，是Black Lotus與Lime Bell。過了十秒鐘左右，Lotus高高舉起右手劍——犀利地往下一揮。

11

黑之王Black Lotus開始單騎前進。

她闖進了從禁城南門延伸出來的那座長五百公尺的大橋後，雙手往斜後方張開，以這種身體往前傾到極限的姿勢，劇烈地削著腳下的冰層前進。

設置在她去路上，也就是大橋另一端的正方形祭壇中央，冒出了一團火紅的火焰。

火焰翻騰捲動，越燒越旺，邊長二十公尺的祭壇轉眼間就成了一片火海，一個物體……一個大得可怕的物體開始從火海中現身。

看到這個物體出現的瞬間，背著春雪的楓子大喊：

「——我們上！」

疾風推進器在春雪身體下方發出了轟然巨響。純藍的噴射火焰照亮四周，一瞬間就蒸發了路面上的冰。一股無與倫比的推力讓兩個對戰虛擬角色彷彿裝上了彈射器，從地面發射出去。

空氣在耳邊呼嘯。為了抵抗迎面而來的風壓，春雪儘可能緊貼在楓子背上。兩側大樓的細部都融為一片淡藍色的速度線，推進器的驅動聲無止境地越來越高亢。

轉眼間就快來到兩百公尺跑道的盡頭。兩人在寬廣的T字路口一口氣越過以左手拿好手搖鈴的Lime Bell，繼續衝進大橋上空，以極限速度飛在三十公尺高度。

去路上可以看到那從火海中出現的物體開始形成明確的形狀。

先是兩片巨大的翅膀往左右一張，甩得許多有如液化金屬般閃閃發光的水滴往外飛散。翼展開幾乎與橋同寬，每一片羽毛都有如魔神佩的火焰劍一樣巨大。大氣中紛飛的細雪離翅膀還有一大段距離就已經蒸發。

接著張開的雙翼之間出現了強健的肩膀，再接著是稍長的脖子。當牠抬起彎曲的脖子，就開始露出頭部。

頭上裝飾的羽毛彷彿龍角似的銳利延伸，嘴則又長又尖，雙眼發出的紅色光芒更是比火焰更加耀眼，比紅玉更加火紅。

這隻身披火焰的巨鳥——也就是禁城的守護者，超級公敵「四神朱雀」——張大了嘴，仰天發出駭人的咆哮。

這聲吼叫彷彿無數雷鳴齊聲發出高亢的共鳴，撼動了整個世界。這一瞬間，春雪看到了一個景象。他看到覆蓋天空的厚重雲層形成波紋抖動，至少在短短一瞬間內，這些雲層確實撕扯成了放射狀。

——那是什麼？

——那是怎麼回事？那種東西是公敵？是由BRAIN BURST程式控制，沒有靈魂的怪物？

不對，牠……那隻鳥是活的。牠正因為睡眠被打擾而憤怒，瘋狂地想將入侵者燒得片甲不留，彷彿存在本身就是由拒絕與攻擊的意志所構成，沒錯，簡直像是一整團巨大過頭的意念……

那是純粹的「破壞心念」集合體。

認知到這點的瞬間，春雪自覺到自己心中對飛行的決心產生了動搖。

他忍不住全身僵硬。四神朱雀凌駕春雪過去在加速世界當中見識過的一切——就連幾天前壓倒他的「純色六王」都遠遠不如——這種絕對力量的顯像烙滿了春雪的五感頻道，讓他停止呼吸。

……不行，不可以……不可以接近那種東西……

這個念頭無力地貫穿了麻痺的意識中心。

但Sky Raker的飛行沒有停止，疾風推進器的驅動聲更不斷高漲，噴射火焰有如慧星般無限延伸。遠方的火焰巨鳥拍動雙翼，開始從祭壇前進。即使處在加速過的感覺下，敵我雙方的距離仍然以驚人的速度在縮減。

春雪雙手顫抖，無意識中就要將手指從Raker肩膀上挪開——

剎那間。

在眼底短短幾十公尺前方停下腳步的Black Lotus，全身突然迸射出耀眼的光條。是心念的「過剩光」，顏色是不輸給巨鳥火焰的純紅。緊接著黑雪公主熾烈的喊聲撕裂了天地：

「喔喔喔喔喔……」

喊聲讓心念靈氣的密度倍增，整個虛擬角色發出的光芒變得像恆星一般耀眼，接著是兩聲堅毅的喊聲：

「『超頻驅動（Overdrive）』！『紅色模式（Mode Red）』！」

這兩個指令春雪都沒聽過，而這些指令引發的現象對他來說也同樣是未知數。

Black Lotus的漆黑裝甲上，到處都浮現出火紅的線條，同時右手劍的造型也跟著改變。長度延伸到原來的一點五倍，前端附近有一處地方變細，刀尖形成銳利的菱形。那已經不是劍，而是長矛。

黑雪公主將這變形的右手往後直拉，與水平橫在胸前的左手劍交叉成十字。

全身迸發的過剩光一口氣集中到右手，凝結在槍尖的一點上。

就在高喊招式名稱的喊聲中，這股集中得輕輕一碰就能刺穿萬物的威力，朝著四神朱雀發射出去。

「『奪命擊（Vorpal Strike）』！」

這陣有如噴射引擎的轟隆巨響甚至蓋過了巨鳥的咆哮聲，火紅的巨大長槍瞬間貫穿了一百公尺以上的空間——

這一槍漂亮地捕捉到朱雀厚實的胸膛正中央。公敵身上的火焰就像血液似的在空中飛濺開來。

接著春雪確實看到了。他看到了朱雀那太過龐大而必須折成五段顯示在視野中的ＨＰ計量表，確實微微削減了一些。

——學姊。黑雪公主學姊。

——妳為什麼……為什麼這麼堅強……

春雪腦中閃過這個念頭，但隨即被從丹田湧起的另一種感情否定。

——她「堅強」？不對，我已經知道她不是真的堅強。她只是「努力讓自己堅強」。為了自己，為了別人，更為了心中閃閃發光的寶貴事物。

——我也一樣。雖然我實力跟智慧都還不夠，但是我也一樣可以向前邁進，這才是每個人從一開始就擁有的能力。面向前方，吸氣，抬頭挺胸……就是這樣，用力吼出來！

「唔……喔喔喔喔喔！」

楓子回答春雪的吼叫：

「飛吧！」

「——我要上了！」

春雪啪的一聲張開背上的雙翼，卯足全力振動十片金屬翼片往前飛去。

空氣在耳邊呼嘯，壓縮成一道障壁。春雪雙手筆直前伸，以手指上的心念光輝穿破這道障壁。壓力忽然消失，讓春雪化為一道銀光往前衝去。

朱雀龐大的身軀在前方稍微偏低的高度迅速接近，幾乎要烤焦空氣的強烈熱氣打在虛擬角色身上。然而春雪已經不再覺得害怕，因為他不是孤身一人。有黑雪公主、有楓子、有千百合，還有拓武在他背後支持。

而現在這一瞬間，一名年幼的少女就要來到這闊別兩年半之久的無限制中立空間，她也一樣在支持春雪。

雖然認識她才兩天，但四埜宮謠已經在春雪心中留下了紮實的存在感。這不是因為她能夠淨化「災禍之鎧」，也不是因為她可以強化軍團的戰力。春雪就只是希望她能以一個新朋友的身分，加入現在的黑暗星雲。

為了讓這個願望實現，現在自己一定要飛。不要害怕，不要退縮，一心一意向前，再向前。

Silver Crow化為一枝白銀的箭，在三十公尺高度飛過，與在橋面上轟然前進的四神朱雀交錯而過，擦出了幾點火星。

朱雀繼續殺向春雪背後的黑雪公主，以及應該已經在她身旁著地的楓子。接下來她們兩人應該會把朱雀絆在遠離這裡的橋樑後方。自己該做的事情就是相信她們，把自己託付給她們。

春雪專心直進，去路上仍然一片火海的祭壇中央，出現了一團緋紅色的光芒。

來了。是謠——是Ardor Maiden。時機極為完美。拓武完美地達成了傳令的任務。

身披白紅兩色的巫女型虛擬角色不斷實體化，距離已經不到一百公尺。春雪準備降低高度，以便帶走謠——

就在這一瞬間。

「春雪！」

這聲充滿驚愕、恐懼與絕望的聲音，是一聲尖叫。

本來在加速世界裡叫出本名應該是一大禁忌，現在卻聽到這麼一聲叫喚從後方追來。

「快跑！現在馬上就跑！」

「……？」

春雪搞不清楚住況，隔著肩膀回頭一看。

接著他看見了。

四神朱雀傾斜翅膀往左迴旋。長長的脖子彎成一道弧線，火紅的雙眼正視著橋的這一邊，不，是正視著春雪。

牠鎖定的目標顯然換了。可是為什麼會這樣？朱雀的胸口還看得出被黑雪公主以「奪命擊」打傷的餘波特效，相對的春雪根本沒碰到敵人，沒道理會被盯上……

腦中閃過這個混亂思緒的那一剎那，春雪覺得自己聽到了一個聲音。

這個聲音發自理應沒有自由意志的公敵。那是牠的憤怒，還是嘲笑？

……渺小的人類啊，竟敢闖進我的領域，我要你付出代價。看我一口氣……

把你燒成灰。

巨大的嘴張得極開。

充滿黑暗的喉嚨深處，看得見火焰的光芒在閃動。是噴吐攻擊，一旦命中肯定當場死亡。

——快跑啊，春雪！

黑雪公主的尖叫再次傳來。

在一段連瞬間這個說法都顯得太漫長的極小單位時間裡，春雪產生了猶豫。

只要立刻緊急爬升，也許就躲得過噴火。接著只要順勢攀升到Silver Crow極限飛行高度的一千五百公尺，朱雀應該也不會繼續追來。可是，啊啊，可是這樣一來——

春雪在銀色面罩下以幾乎咬碎臼齒的力道咬緊牙關。

接著他下定了決心。

不能退縮。現在千萬不可以逃跑。一旦逃跑，在數十公尺前方等著春雪的四埜宮謠就會受到朱雀的攻擊而戰死。

即使真的演變成這樣，她多半也不會怪罪回到現實世界的春雪，而是會以她一貫的超高速打字安慰他說：【這是沒辦法的】。

但其實並不是沒有辦法，因為現在這一瞬間，春雪可以選擇自己的行動；因為春雪被賦予了一對翅膀，只要有那麼一絲救出謠的可能性存在，他就可以朝著這個目標飛去。

「唔……喔……」

春雪再次將視線拉回祭壇，從丹田擠出聲音：

「喔……喔……喔喔喔喔喔喔喔——！」

一陣嘶吼之中，春雪擠出幾乎燒斷腦神經突觸的意志振動翅膀。

筆直前伸的雙手手指上發出的光芒蔓延到全身。春雪全身籠罩在一種跟他使用唯一一招心念攻擊「雷射劍」時同樣的銀色過剩光之中，不斷往前衝刺。

背後感覺得出一股莫大的能量誕生。一道足以瞬間蒸發萬物的火焰漩渦從朱雀的嘴噴出，挾帶鋪天蓋地的紅光撲來。

——春雪！

——鴉同學！

——小春——！

三聲尖叫微微觸動意識，但春雪連這些喊聲也拋諸腦後，化為一道銀光往前直飛。

——學姊，對不起，我沒遵守約定，妳叫我跑我卻沒跑，晚點我會再三、再三跟妳道歉。

可是……為了讓我能繼續當我自己，現在我非這麼做不可。

這剎那間的念頭化為白色的火花濺開而後消失，腦中只剩下前進的意志。

眼看祭壇不斷接近，出現在祭壇中央的Ardor Maiden似乎搞不清楚狀況，呆呆站在原地。

春雪凝視著嬌小的巫女，發出不成聲的吶喊。

——手給我！

Ardor Maiden在這句話的觸動下，舉起了纖細的雙手。

高度降到牆上一公尺的春雪也伸出雙手。雙方的手碰在一起，牢牢互握——

緊接著春雪用力拉起謠的虛擬角色，抱在懷裡。

——抓緊了！

春雪再喊一聲，謠的雙手才剛放上他脖子，立刻又進入緊急爬升態勢，順勢以一百八十度扭轉身體準備脫離……

忽然間周遭的顏色變了。

那是一種光譜在橘色到深紅之間搖擺的紅色。是火焰的顏色。

虛擬角色全身都發出烤焦的嗤嗤聲，原來是朱雀噴出的火焰追了上來。明明還沒有碰到火焰本身，視野左上方的ＨＰ計量表卻急速銳減。

不行，不能爬升。只要速度稍有放慢，一瞬間就會被火焰淹沒而熔解。只能直線前進了。然而巨岩般的城門就矗立就在眼前不遠處。

難道只能選擇在那座城門上撞死，死也不讓朱雀殺了自己？不，都來到這個地步了，怎麼可以自殺？我要活下去，我要跟謠一起生還，活著帶她回去給大家看。

「……開門！」

虛擬角色的表層燒得嗤嗤作響，但春雪仍然這麼大喊。

同時懷裡的謠也出聲喊叫：

「開門！」

但撲著一層厚實水藍色冰層的城門卻彷彿在嘲笑他們似的緊緊閉著不動——

不對。

有光……

就在眼前矗立的左右兩扇門正中央……

露出了一條像絲線一樣細的白光。

12

這裡一片寂靜。

冰冷，而且堅硬。

身體右側朝下，躺在透心涼的平面上。

彷彿全身都凍僵了似的，手腳絲毫不能動彈。

但懷裡卻有種不可思議的溫暖，還頻頻發出微弱的脈動。這是——

「……我有點，難受。」

突然聽到這麼一句話。

春雪驚覺地睜大雙眼，發現一對鮮明的緋紅色鏡頭眼就竟在眼前。

「啊……」

他不由得叫出聲來，好不容易放鬆緊繃的雙手，與模樣惹人憐愛的臉型面罩之間稍微分開了些。

「……四、四埜……不對，小梅……？」

春雪以顫抖的嗓音輕聲這麼一問，就看到面罩點點頭，以清澈的嗓音小聲回答：

「是。全靠你救了我，鴉鴉。」

這句話讓春雪全身一顫。

他記不清楚發生了什麼事。只記得自己接起了站在祭壇上的Ardor Maiden……然後努力逃開朱雀噴來的火焰……直線衝向關著的城門……

後來到底怎麼樣了？難道他們兩人都死了？而現在是處於「幽靈狀態」？

——不對，如果真是這樣，整個視野應該都會變成黑白，但謠的鏡頭眼那紅寶石般的光輝卻顯現得清清楚楚。

但春雪仍然無法相信他們逃過了那可怕的火焰漩渦，以沙啞的嗓音問說：

「請問一下……我們，還活著嗎？」

謠聽了後點點頭說：

「……我們還活著。可是……啊啊，可是……」

她的嗓音說到一半就轉為沙啞，顫抖，消溶在寒氣之中。

Ardor Maiden將視線轉向周圍冰冷又昏暗的空間——

接著以非常非常微小的聲音告訴春雪：

「……這裡是……這個地方，是『禁城』裡面。」

（待續）

後記

大家好，我是川原礫，謹在此為各位讀者送上《加速世界6　淨火神子》。想來本集應該是已經出版的集數之中，花了最多時間撰寫的一本，不知道各位讀者看得還滿意嗎……？

說來我這個人缺乏很多小說家該有的東西（例如耐心啦、上進心啦、在家裡工作的能力啦……），而其中我自覺最為缺乏的，就是「好好結束一段故事的能力」。

老實說，包括寫網路小說的時候在內，我已經寫了八年以上的故事，但沒有一個能結束得像樣！像長篇作品的處女作《刀劍神域》與第一篇投稿作品《加速世界》，結局都是搞「我們的戰鬥才正要開始！」那套（真虧我可以得獎，現在想到都會冒冷汗……）。

雖然不是說本作就快要完結，不過加速世界一路寫到這麼多集，有時候難免會想到說不知道這個故事會怎麼結束吧？問題就是我完全想不到答案（笑）。往發散的方向我就可以妄想出很多東西，但怎麼想就是想不出收斂的點子，身為一個小說家，難免覺得這樣實在非常不妙。

說是這麼說，但當我站在讀者的立場時，卻非常喜歡「開放式結局」。寫得像一部編年史那樣，詳細交代各個主要角色的後半輩子來結束，固然也非常吸引人，但該怎麼說呢，我還是希望作者能說一句：「他們的故事今後仍將繼續下去」……連玩ＲＰＧ時我也對「破關後的世界」喜歡得不得了（笑）。如果有一天我可以設計遊戲，我就要在結局跑完之後，開始一段份量大概有主線部分三倍之多的附錄劇本！拜託哪位大德做個這樣的遊戲出來！

我離題了。總之就因為這樣的原因，我現在滿心都是一種預感，覺得這套《加速世界》總有一天要迎接的結局也會變成「我們的戰鬥才……」那一套，所以還是趁現在先跟大家道歉。對不起！

最後要感謝負責本書插畫的ＨＩＭＡ老師，這次的行程延遲比上一集還嚴重，導致您現在一定忙得焦頭爛額，但您仍然為本作畫下了令人看得倒吸一口氣的完美封面；還有編輯三木先生，您爽快地借了三百圓給忘了帶錢包出門的我，這次也多虧了兩位的大力相助！還有一路看到這裡的各位讀者，很抱歉本集又以「待續」作結了！下一集一定會好好告一段落！大概啦！小拓也會很活躍的！大概啦！

二〇一〇年八月某日　川原　礫

是鬧著玩的。」

——天才程式設計師・茅場晶彥

無法完全攻略就無法離開遊戲，GAME OVER也等於宣告玩家的「死亡」——
多達一萬名玩家被監禁在禁忌的死亡戰鬥MMO
「Sword Art Online 刀劍神域」裡面。
但這樣的惡夢在孤傲獨行玩家・
「黑色劍士」桐人的活躍下
終於被畫上了休止符。

在槍械與鋼鐵的VRMMO「Gun Gale Online」裡突然發生的「死槍」事件。
被拿著漆黑槍械的謎之角色所擊中的玩家，現實世界裡也會隨之「死亡」……
被要求幫忙調查這起恐怖事件的桐人，雖然對於「假想世界」對「現實世界」
發生物理影響這件事感到不可置信，但他還是登入了「GGO」。

轉移過來之後乍看之下很容易被人誤認是美少女角色的桐人，
雖然不習慣「GGO」這個世界，但在經過狙擊手少女詩乃的引導之後，
順利參加了決定最強槍手的對玩家淘汰賽「BoB」。

桐人在這個被槍支配的世界裡，成為唯一使用光劍戰鬥並不斷在「BoB」裡獲勝的角色。
那種奇異的戰鬥型態立刻造成了話題，他的知名度也跟著不斷上升。
但這時狙擊手・詩乃出現在桐人面前並阻擋了他的去路。
詩乃是為了克服自身的心理障礙而全力和桐人戰鬥——！

時間終於來到了隔天的「BoB」正式大賽。
在聚集了許多強敵的「多人數大混戰」當中，「死槍」終於現出身影。
「死槍」究竟是什麼人？
「假想世界」真的能對「真實世界」產生影響嗎？
桐人即將獨自挑戰「死槍」!!

《幽靈子彈》篇，完結!!

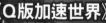

「這雖然是遊戲，但可不
台灣角川
只於個人網站上連載，
卻依然創下超過650萬閱覽人數紀錄的傳說原創小說！
Sword Art Online
刀劍神域
最新第6集，2011年春季磅礡登場——！
特報!!!
《加速世界7》
▶▶▶▶▶2011年發售預定!!!

國家圖書館出版品預行編目資料

加速世界 6 淨火神子 / 川原 礫作；
邱鍾仁譯.——初版.——臺北市：
臺灣國際角川, 2010.06 面； 公分.
——（Kadokawa Fantastic Novels）
譯自：アクセル・ワールド 6　浄火の神子
ISBN 978-986-287-010-5（平裝）

861.57　　99024835

Kadokawa
Fantastic
Novels

加速世界 6
淨火神子

（原著名：アクセル・ワールド―浄火の神子―）

2011年3月21日　初版第1刷發行
2022年3月28日　初版第13刷發行

作　　者：川原礫
插　　畫：HIMA
日版設計：BEE-PEE
譯　　者：邱鍾仁

發 行 人：岩崎剛人
總 編 輯：蔡佩芬
副總編輯：朱哲成
美術設計：吳佳昫
印　　務：李明修（主任）、張加恩（主任）、張凱棋

發 行 所：台灣角川股份有限公司
地　　址：104台北市中山區松江路223號3樓
電　　話：（02）2515-3000
傳　　真：（02）2515-0033
網　　址：www.kadokawa.com.tw
劃撥帳戶：台灣角川股份有限公司
劃撥帳號：19487412
法律顧問：有澤法律事務所
製　　版：尚騰印刷事業有限公司
ＩＳＢＮ：978-986-287-010-5